bien lu partout

take-over

take-over

Donald Creighton

Traduit de l'anglais
par Jacques de Roussan

Beauchemin

COLLECTION «Bien lu partout»

Titre original: Take-Over
©1978 by Donald Creighton
Publié chez: McClelland & Steward Limited
All rights reserved
ISBN: 0-7710-2368-5

Édition française: Take-Over
©traduction française — Librairie Beauchemin Limitée 1980

Consultants à l'édition: Service Mémotexte Enr.
Typographie: Caractéra Inc.

Dépôt légal: 2e trimestre
Bibliothèque Nationale du Québec
ISBN: 2-7616-0046-0

Chapitre 1

L'ascenseur s'arrêta doucement et les portes s'ouvrirent sans bruit. Hugh déboucha dans le grand hall désert, recouvert d'une moquette vert foncé; de chaque côté du hall, deux ascenseurs. À droite et à gauche, de larges couloirs menaient aux divers bureaux qui occupaient tout le septième étage. Hugh obliqua à gauche et, quelques pas plus loin, se retrouva devant sa porte. Sur une plaque de cuivre discrète, on pouvait lire «Stuart & Kilgour», ce qui en fait ne signifiait pas grand-chose. Cette inscription était même erronée. Le dernier Kilgour était décédé en 1892 et, même avant cette année-là, Alexander Stuart, le grand-père de Hugh, avait racheté la part de son associé. Son fils Richard et lui avaient gardé l'ancien nom de la compagnie et continué de proclamer aux quatre coins du monde que leur commerce était la distillation du whisky. C'est Hugh lui-même, le fils unique de Richard, qui avait fait enlever le mot «distillateurs» sur la plaque de cuivre, beaucoup plus — il le savait très bien — par bravade que par un sentiment de gêne. Il ne ressentait aucune honte d'être distillateur de whisky de père en fils. Bien au contraire, il en éprouvait même une grande fierté. Il se disait et répétait à qui voulait bien l'entendre qu'après plus d'un siècle, les Canadiens — voire le monde entier — devaient savoir que l'appellation Stuart & Kilgour était synonyme d'un whisky de seigle de qualité.

Hugh ouvrit la porte et pénétra dans l'antichambre. C'était une grande pièce, lambrissée de bois clair et meublée de fauteuils confortables. Assise derrière un grand bureau, Mlle Rankin, sa secrétaire privée et réceptionniste, lui souhaita le bonjour comme à l'accoutumée. Grande et mince, Mlle Rankin avait un visage aux traits lisses et réguliers et une abondante chevelure blonde. Elle portait toujours de petites robes toutes simples mais bien taillées, savait se montrer très aimable avec les visiteurs et faisait preuve d'une grande efficacité dans son travail. Elle était entrée au service de la compagnie peu après la fin de la guerre et Hugh, qui s'était vite aperçu de sa valeur, avait craint au début qu'elle ne tarde pas à quitter son emploi pour le mariage. Pourtant, elle n'en fit rien. Il finit par apprendre que son fiancé était mort au champ d'honneur pendant la guerre. Il avait alors pensé qu'elle voulait rester fidèle à sa mémoire ou encore qu'elle n'avait rencontré personne d'autre qui l'attirât et qui, en même temps, fût attiré par elle. Toujours est-il qu'elle resta, devenant de plus en plus mince et avec les années de plus en plus pâle. Il y avait 20 ans qu'elle travaillait pour Stuart & Kilgour. Un jour, Hugh prit conscience, presque étonné, qu'elle devait avoir au moins 40 ans, c'est-à-dire une dizaine d'années de moins que lui.

Il franchit la porte qui communiquait avec son bureau, c'était une grande pièce avec des meubles de prix, mais sans rien de l'ennui et de l'atmosphère conventionnelle d'un cabinet d'affaires. Richard Stuart, son père, avait été un grand admirateur du Groupe des Sept et de leurs contemporains et avait réuni une intéressante collection de leurs oeuvres. Quelques-unes des toiles qu'il avait acquises ornaient les murs du siège social de l'entreprise familiale, rue King. Prenant son fauteuil, Hugh leva les yeux, comme il le faisait souvent, sur les deux tableaux aux couleurs vibrantes qui lui faisaient face: les verts intenses d'un paysage forestier de Colombie britannique d'Emily Carr s'harmonisaient aux bleus et aux gris romantiques d'un lac du nord de l'Ontario, de Frederick Varley. Une fois de plus, Hugh se prit à songer combien les deux scènes étaient mises en relief par le bois clair des murs lambrissés.

Devant lui s'étendait la grande surface lisse de son bureau, libre de cendriers ou d'écritoire. C'est ce qu'il préférait: travailler sur une surface bien dégagée. Tout ce dont il avait besoin se trouvait à portée de la main, dans les tiroirs ou les classeurs. La table de travail dénudée, les tableaux et les fauteuils contribuaient à créer une atmosphère un peu sévère dans ce bureau qui n'en était pas moins le centre d'un véritable empire commercial. Les bureaux des principaux adjoints de Hugh se succédaient, le long du couloir, dans l'ordre hiérarchique suivis d'autres bureaux pour leurs subordonnés, les secrétaires et les commis. La plupart de ces personnes occupaient des fonctions purement administratives qui semblaient, du moins à première vue, n'être en rien reliées à la distillation du whisky.

Depuis les fenêtres de son bureau qui donnaient sur la rue King, Hugh apercevait la plus ancienne des distilleries de la compagnie, située en contrebas de la rue Front, près de la voie ferrée. Ce vieux bâtiment de pierres grises, patiné par les années, semblait n'avoir rien de commun avec les bureaux bourgeois de la rue King. Cela ne signifiait pas pour autant que la maison Stuart & Kilgour évitait toute publicité pour ses produits. Bien au contraire, elle faisait partout de la réclame. D'immenses enseignes au néon annonçaient aux voyageurs dans les trains et sur les autoroutes que c'était bien là que se fabriquaient le Stuart Regal et le Loyalist Rye. Au fil des années, on avait appris à reconnaître les annonces publicitaires de Stuart & Kilgour, des deux côtés de l'Atlantique, mais aucune maquette des étiquettes bien connues de la compagnie ne venait troubler le calme des lambris de la rue King. On aurait pu croire qu'il s'agissait d'un cabinet d'avocats, établi depuis longtemps et pourvu d'une clientèle choisie.

Il y avait cependant une exception à cette règle concernant les produits de la maison. À l'extrémité du bureau de Hugh s'ouvraient deux portes: l'une sur un cabinet de toilette et l'autre donnait accès à un petit bar, garni d'une série de tablettes, d'un réfrigérateur, d'un évier et d'un comptoir. Sur les tablettes, quelques bouteilles de Stuart Regal et de Loyalist Rye, les deux marques de prestige de la maison; au-dessus de l'évier, dans une armoire, un petit assortiment de verres à whisky et quelques bouteilles de soda. De temps à autre, Hugh offrait une ou deux bouteilles de whisky à ses visiteurs et, plus rarement, en fin de matinée seulement, leur proposait de prendre un verre. Son père avait toujours soutenu qu'un bon whisky devait se boire sec ou avec un peu d'eau. Il avait même pris l'habitude d'apporter à son bureau de la King de grandes bouteilles d'eau de source provenant de la ferme familiale située près de Newton Robinson. Hugh avait continué cette tradition tout en sachant fort bien, ce que son père s'était refusé à reconnaître, que le whisky soda n'était plus considéré comme une «boisson d'été» et que tout honnête homme en prenait en n'importe quelle saison.

Hugh parcourut des yeux le vaste espace de son bureau, heureux des rayons du soleil qui éclairaient les deux tableaux et que reflétaient les murs lambrissés. Dieu merci, le printemps n'était plus très loin maintenant! L'interminable hiver du sud de l'Ontario tirait à sa fin et, ce matin même, en sortant sa voiture dans la rue, il avait remarqué toute une colonie de crocus jaunes et pourpres qui avaient bravement fait leur apparition sur la pelouse, en bordure du garage. Les fleurs lui avaient fait du bien, comme en ce moment, son bureau inondé de soleil. Mais, au moment même où il décida de se mettre au travail, Hugh sentit s'éteindre sa joie précaire et renaître en lui son sentiment si familier de lassitude. Ce sentiment, il l'éprouvait maintenant depuis des mois, sporadiquement, à intervalles plus ou moins longs. Hugh avait été longtemps incapable d'en discerner la cause. Sa santé paraissait bonne ou, du moins, il ne se connaissait aucun problème. Sa femme Élizabeth se montrait toujours aussi affectueuse; son fils et sa fille allaient bien et réussissaient apparemment leurs études à l'université. Quant aux affaires, tout marchait bien. L'année 1965 avait été bonne pour Stuart & Kilgour et 1966 promettait de l'être autant, sinon meilleure. Non, il n'avait vraiment aucune raison de se plaindre ou de s'inquiéter.

Et, pourtant, cette impression de découragement n'en persistait pas moins et grandissait. Il aurait dû se rendre à l'évidence qu'il savait hélas trop bien ce qu'il en était. D'instinct, il avait rejeté la vérité qui lui semblait absurde et insoutenable. Mais, maintenant, il se voyait forcé de l'admettre. Il était tout simplement las de la routine mortellement ennuyeuse de son travail. Il en était arrivé à cette conclusion au début de l'hiver et depuis lors, vivait avec cette idée. Il portait le virus au plus profond de lui-même et n'avait qu'un seul moyen à sa disposition pour s'en débarrasser: partir. S'enfuir. Il était parfaitement conscient qu'à son âge, il pouvait encore changer complètement de vie. Il venait tout juste d'avoir 52 ans. Il pourrait s'occuper de tant de choses qu'il avait mises de côté et qu'il pourrait reprendre. Il pourrait voyager, s'intéresser à l'art et à la littérature. La collection de tableaux de son père était intéressante mais par trop provinciale et canadienne. Il pourrait l'augmenter et la diversifier. De nos jours, se disait-il, les gens prennent leur retraite plus tôt qu'autrefois. Pourquoi n'en ferait-il pas autant?

II

La vérité était qu'il n'avait jamais vraiment voulu prendre la place de son père comme président-directeur général de Stuart & Kilgour. Au fond de lui-même, il avait souhaité devenir architecte. Cet amour des couleurs et des formes qui avait amené son père à réunir une importante collection d'oeuvres canadiennes du début du XXème siècle, avait pris chez Hugh une forme différente quoique apparentée, celle de l'agencement des lignes et des volumes. Si la conjoncture politique s'y était mieux prêtée, il aurait certes pu réaliser son rêve de jeunesse. Mais ce ne fut pas le cas et les événements politiques qui survinrent alors détruisirent tout espoir d'une carrière différente. Au printemps 1938, il avait obtenu son diplôme de Trinity College; il venait d'avoir 24 ans, l'année même où Hitler s'emparait de la Tchécoslovaquie et signait les accords de Munich. Tout le monde s'attendait, dans un climat d'incertitude générale, à l'éventualité d'une guerre.

Richard Stuart avait redouté la guerre plus que la plupart des gens. La mort et la destruction lui faisaient peur, comme à tout le monde, mais il était aussi conscient des bouleversements que les exigences de la guerre ne manqueraient pas d'imposer à des compagnies comme Stuart & Kilgour. Il avait appris cette dure réalité à ses dépens pendant la grande Guerre. Pendant près de quatre ans, Richard avait dû faire face aux commandes presque insatiables du gouvernement canadien en alcools industriels. Son frère Christopher combattant en France, il s'était trouvé seul pour affronter la situation. Il y avait presque un quart de siècle de cela et il avait maintenant dépassé la cinquantaine. Richard ne pouvait plus continuer à travailler seul. Il avait besoin d'aide. Son fils Hugh, qui lui succéderait un jour à la tête de la compagnie, venait tout juste de terminer ses études. Pourquoi ne se joindrait-il pas dès maintenant à l'entreprise familiale? Depuis quatre générations, il y avait toujours eu un Stuart pour reprendre les destinées de Stuart & Kilgour. Pourquoi Hugh n'agirait-il pas de même?

C'est pourquoi, à l'automne 1938, malgré son rêve réprimé de devenir architecte, Hugh Stuart s'était plongé dans la routine de Stuart & Kilgour. Un an plus tard, après de brèves fiançailles, il avait épousé Élizabeth Cameron et il soutint toujours par la suite que c'était la chose la plus intelligente qu'il ait faite dans sa vie. Leur fils Charles était né en 1941 et leur fille Veronica, deux ans plus tard. Pendant un certain temps, cette existence facile, partagée entre la famille et les affaires, sembla pleinement le satisfaire. Mais la «drôle de guerre» immobile s'était transformée en la conquête brutale de l'Europe par Hitler et, pendant plus d'un an, on n'entrevoyait encore aucun moyen de prendre l'offensive et rien qui permît d'espérer que les troupes canadiennes postées en Angleterre auraient un rôle à jouer.

Ce sentiment de frustation et d'impuissance que Hugh ressentait prit fin pour deux causes; la première, d'importance mondiale, la seconde, strictement personnelle mais, pour lui, tout aussi lourde de conséquences. D'une part, l'invasion de l'Est de l'Europe par Hitler força l'entrée de la Russie dans le conflit et l'attaque japonaise sur Pearl Harbor obligea les États-Unis à abandonner leur neutralité équivoque. La guerre devenait mondiale. La possibilité d'un second front que les Russes commençaient à réclamer, se dessinait de plus en plus. On allait avoir besoin d'un grand nombre de recrues. Les pressions morales se firent de plus en plus fortes pour s'enrôler dans l'armée. Hugh considéra qu'il ne pouvait rester en dehors des événements. D'autre part, la guerre bouleversait complètement la nature des opérations de Stuart & Kilgour, si bien que Hugh se sentit libre de s'engager. Stuart & Kilgour avait en fait cessé ses activités habituelles, c'est-à-dire la distillation, l'embouteillage, la publicité et la vente de ses marques de whisky, pour fabriquer uniquement des alcools industriels destinés au soutien de la guerre. Tout n'était plus que simple routine et il y avait un personnel tout aussi capable que Hugh pour mener à bien cette production.

Il s'engagea donc dans le 48e Highlanders, autrefois le régiment de sa famille. Il fut nommé lieutenant et partit presque tout de suite pour l'Angleterre. Il fit toute la campagne d'Europe avec une certaine distinction. Mais l'Armée n'était vraiment pas sa vocation et il fut l'un des premiers à rentrer au Canada, très heureux de retrouver sa femme et ses deux enfants, maintenant âgés, l'un de cinq ans et l'autre de trois. Il fut étonné d'éprouver un certain plaisir à retrouver les vieilles habitudes de Stuart et Kilgour. Naturellement les commandes de guerre avaient cessé et avec elles la fabrication des alcools industriels. Il était grand temps de revenir à la vocation première de Stuart & Kilgour, de recommencer la production et de remonter les stocks épuisés, d'engager du personnel nouveau et qualifié, et de reconquérir avec l'ancienne clientèle la réputation internationale de la maison. Cette tâche ardue lui prit dix longues années. Au début des années 60, Hugh sentit enfin que son travail avait porté fruit: la compagnie Stuart & Kilgour était devenue bien plus prospère qu'elle ne l'avait jamais été, même à la meilleure époque de son père. Son prestige international la plaçait désormais parmi la demi-douzaine des grands producteurs mondiaux de whisky. Hugh se disait, qu'il avait assurément mérité une récompense. Pourquoi ne prendrait-il pas sa retraite maintenant pour enfin se consacrer à toutes ses anciennes ambitions qu'il sentait renaître en lui?

La perspective certes était séduisante mais il n'était pas moins conscient que ce beau rêve de liberté était effectivement irréalisable. Comme il était dans la force de l'âge, il pouvait se permettre d'envisager une vie nouvelle et différente — mais par là même cela l'empêchait de s'engager dans cette voie. Stuart & Kilgour était, depuis sa fondation, une affaire de famille et n'avait pas cessé de l'être. Les Stuart l'avaient dirigée de père en fils sans interruption et avec succès. Et c'est dans cet esprit que Hugh avait grandi. Il connaissait à fond tous les rouages de l'entreprise familiale qu'il avait administrée avec habileté et avec un succès croissant pendant 20 ans. Il devrait probablement continuer de le faire aussi longtemps car il n'avait aucun héritier présomptif. En effet, aucun Stuart ne semblait alors disposé à suivre ses traces.

En dernier ressort et dans l'espoir futile d'y découvrir un candidat possible à sa succession, Hugh parcourut la liste des membres de la famille Stuart. Elle n'était pas longue, du moins sur papier, mais il espérait y trouver un candidat possible. Il fallait de toute évidence ne pas compter sur la génération aînée. Car si sa tante Cecilia était célibataire, sa tante Emily et son oncle Christopher avaient eu des enfants. Il y avait aussi son fils et sa fille qui poursuivaient leurs études au Trinity College: Charles dans sa deuxième année universitaire et Veronica, en quatrième collégiale. Charles avait reçu son prénom en rappel du premier Charles Stuart, le loyaliste venu du Massachusetts en proie à la révolution, qui se réfugia dans le Haut-Canada où il fonda la branche canadienne de la famille. Le portrait de l'ancêtre ornait le cabinet de travail de Hugh, celui-ci avait cru, ou plutôt imaginé, discerner les traits de son fils enfant. Il avait volontairement renoncé aux prénoms plus typiquement écossais qu'on portait volontiers dans la famille et avait préféré donner à son fils le nom de Charles.

Charles était un des membres peu nombreux de la jeune génération. Chaque fois que Hugh s'était arrêté à sa courte liste, il n'avait pu y découvrir un candidat en mesure de lui succéder. Le fils unique de son oncle Christopher, qui avait quelques années de moins que Hugh, était avocat comme son père et poursuivait une belle carrière; quant à ses enfants, ils n'étaient encore que des adolescents. Emily, la plus jeune des soeurs, avait épousé un ingénieur minier fortuné, Orville Patterson. Ses deux fils, qui devaient avoir autour de la quarantaine, s'occupaient des entreprises minières de leur père. Il ne restait que son propre fils, Charles, ainsi que Veronica dont il devait également tenir compte puisque, à cette époque, les femmes avaient dorénavant leur mot à dire.

À 25 ans, Charles était un garçon studieux et intelligent qui avait bien décidé de devenir économiste sans jamais se soucier le moindrement du sort de Stuart & Kilgour. Veronica était tout autrement. Jeune fille à la fois charmante et d'humeur changeante, difficile, elle sautait d'une brusquerie incompréhensible à une attention pleine de tendresse affectueuse. Elle pouvait faire preuve d'une énergie et d'une détermination presque effrayantes. Il ne faisait aucun doute qu'elle avait de la force de caractère mais, pour l'instant, elle semblait complètement envoûtée par le théâtre, le métier de comédienne, la mise en scène, le décor, bref... par tout ce qui touchait à la scène.

De guerre lasse, Hugh renonça à se casser les méninges. Non. Il n'avait aucun espoir de se trouver un successeur dans sa famille. Distraitement, il regarda les deux tableaux sur le mur en face de lui. Les verts tourbillonnants d'Emily Carr et les nuances fines et charmantes de Verley représentaient dans son esprit la limite qu'il n'atteindrait jamais en art et en littérature. Il ne disposerait jamais de temps, pas plus que maintenant pour s'y consacrer. Tout espoir de s'en sortir, de mener une vie différente et plus riche lui semblait irrémédiablement perdu. Il ferait tout aussi bien de continuer dans la direction où il s'était assez volontiers engagé vingt ans plus tôt et dont il n'avait en somme aucune raison valable de s'écarter aujourd'hui.

Il pressa un bouton sur le rebord de son bureau et Mlle Rankin entra, portant dans la main, une petite pile de lettres.

— Je crois qu'il n'y a rien d'important là-dedans, dit-elle.

— Je vous rappellerai quand j'aurai regardé ça. Est-ce que j'ai des rendez-vous ce matin?

— Pas à ma connaissance, sauf...

— Sauf? demanda-t-il?

— J'aurais dû dire que vous n'aviez aucun rendez-vous prévu, dit-elle en se reprenant. Cependant, quelqu'un a téléphoné pour demander s'il ne pourrait pas vous rencontrer un petit moment ce matin ou demain matin. Il a dit qu'il s'appelait Pettigrew.

— Pettigrew? répéta-t-il d'un air indifférent. Je ne connais personne de ce nom. Qu'est-ce qu'il a semblé être?

— Il m'a semblé qu'il avait un léger accent du sud, répondit-elle, souriante, mais pas très sure d'elle-même. En fait, je n'ai jamais beaucoup connu de gens du sud.

— Vous a-t-il dit ce qu'il voulait?

— Pas précisément. Il a seulement dit qu'il aimerait discuter d'un sujet qui vous intéressera. Puis, il a ri en disant: «Je n'essaierai pas de lui vendre quelque chose...»

Hugh eut un sourire.

— Ce type me paraît un peu bizarre, mais il est peut-être amusant. Je crois que je vais le recevoir.

— Ce matin ou demain matin?

— Pourquoi pas ce matin? répondit Hugh avec emphase, tout en se sentant médiocrement intéressé par ce visiteur inconnu et plutôt énigmatique mais dont la visite agrémenterait peut-être cette matinée qui s'annonçait terne et sans problème. La journée ne fait que commencer, ajouta-t-il en regardant sa montre. À peine 10 heures moins le quart. Appelez donc ce mystérieux M. Pettigrew et dites-lui que je le verrai à 10 h 30 ou peu après.

III

Pendant les 45 minutes qui suivirent, Hugh parcourut sans se presser, mais attentivement, son courrier, puis s'entretint un moment avec un de ses principaux adjoints. Lorsque Mlle Rankin vint lui remettre une carte de visite, il était prêt à recevoir le visiteur. Sur la carte, on pouvait lire simplement: «James L. Pettigrew, Distilleries Pettigrew, Abbotsburg, Kentucky.» Un instant plus tard, James L. Pettigrew entrait dans le bureau.

— C'est très aimable à vous de me recevoir sans rendez-vous, en plein milieu de la matinée...

— En fait, c'est plutôt calme. Mais je vous en prie, prenez un siège. James L. Pettigrew s'assit avec une sorte d'aisance naturelle.

Hugh avait beaucoup voyagé tant au Canada qu'aux États-Unis et savait fort bien qu'il était absurde de prétendre que chaque région d'Amérique du Nord possédait une façon de parler et des manières d'être distinctes. Il avait déjà eu quelquefois l'occasion de rencontrer des gens du Kentucky et il constata avec un certain intérêt que son visiteur ne leur ressemblait pas. Pettigrew devait mesurer environ 1 m 75, avait un visage plutôt carré, le teint un peu plombé, des cheveux noirs soigneusement séparés par une raie et des yeux noisette. Mlle Rankin l'avait débarrassé de son manteau. Il portait un complet sombre, distingué, de bonne coupe, à fines rayures bleues. Il parlait sans précipitation et roulait légèrement les «r». Mais la pointe d'accent qui pouvait laisser supposer qu'il était originaire du Sud ou qu'il y avait été élevé était si imperceptible que Hugh en vint rapidement à la conclusion que son visiteur était allé à l'université, ou peut-être à l'école, dans le Nord.

— J'essaie de me rappeler, commença Hugh, si j'ai déjà rencontré quelqu'un du nom de Pettigrew. Il doit en exister à Toronto, évidemment, mais je ne crois pas en avoir jamais rencontré.

— C'est un nom assez courant dans la région d'où je viens et plus encore sur le littoral. Ma famille n'est pas une famille connue, sans comparaison, bien sûr, avec les Stuart du Canada. Un seul de mes ancêtres a atteint une certaine notoriété. Il était de la branche de la famille originaire de la Caroline du Nord.

— Aurais-je dû avoir déjà entendu parler de lui? demanda Hugh par politesse.

— Bien sûr que non. Il était officier pendant la guerre de Sécession. Il commandait l'une des deux divisions qui chargèrent les lignes de l'Union, le dernier jour de la bataille de Gettysburg. On a toujours appelé ce fait d'armes la charge de Pickett. Mais quand j'étais enfant, on nous disait qu'il aurait été plus juste de l'appeler la «charge de Pickett-Pettigrew».

Il eut un sourire désabusé.

— Mais je ne veux pas vous faire perdre votre temps à parler de la famille Pettigrew et de la Guerre civile américaine. Je désire vous entretenir d'un sujet d'importance, dit-il. Il fit une pause. Je ne sais vraiment par où commencer, avoua-t-il avec une franchise désarmante. Puis-je d'abord vous poser une question très importante, d'ordre professionnel, bien sûr?

— Je vous en prie, répondit Hugh en souriant.

— Avez-vous jamais songé à vendre Stuart & Kilgour?

— Non, rétorqua Hugh honnêtement. Je n'y ai jamais songé.

— Accepteriez-vous d'envisager la chose?

Hugh était à la fois stupéfait et choqué. L'idée même de vendre Stuart & Kilgour ne lui était jamais venue à l'esprit. Comment ce parfait inconnu osait-il aborder une question aussi énorme avec une telle légèreté? D'instinct, sa première réaction fut de ne rien brusquer et d'être prudent. Mais cependant, au fond de lui-même, il se sentait vaguement intéressé.

— Je n'en sais rien. Je n'ai encore jamais songé à vendre Stuart & Kilgour. Mais enfin, je peux peut-être y réfléchir.

Pettigrew semblait lire ce qui se passait dans l'esprit de Hugh. Tout en souriant d'une façon rassurante, il lui dit d'un ton très sérieux:

— Je me rends compte que je vous parle à brûle-pourpoint et que cela ne fait pas très sérieux. Je sais qu'en Écosse, il serait impossible de présenter une offre de cette façon. J'aurais dû me rappeler les liens étroits qui unissent votre famille avec la Grande-Bretagne. Excusez-moi, je ne voulais pas me montrer aussi cavalier...

— Nous ne sommes quand même pas aussi vieux jeu que ça, rétorqua Hugh, légèrement sur la défensive.

— Mais vous ne me connaissez pas et vous n'avez probablement jamais entendu parler de la marque de whisky Pettigrew.

— Mais si, je le connais. Je serais un bien triste homme d'affaires si je ne connaissais pas les noms de mes concurrents américains. Mais je ne me souviens pas en avoir jamais goûté. Vous savez, on boit peu de whisky américain au Canada.

— Oui, je le sais bien et je suis d'autant plus heureux que vous ayez entendu parler du whisky Pettigrew. Mon entreprise est loin d'être aussi ancienne que Stuart et Kilgour, bien sûr, cependant elle appartient à ma famille depuis deux générations. C'est l'une de ces petites distilleries qu'on trouve dans la région de Lexington.

Il s'arrêta un instant comme pour rassembler ses idées.

— Il serait peut-être préférable que je vous parle de moi et de mes affaires. Vous pourrez ensuite obtenir plus de détails des agences commerciales habituelles ou je vous en donnerai moi-même. Mon père est décédé il y a un peu plus de deux ans et il était le seul propriétaire de la distillerie Pettigrew. Il n'avait ni associés ni actionnaires. J'étais fils unique. Pendant des années, j'ai pressé mon père de donner de l'expansion à ses affaires, parce que de toute évidence sa compagnie marchait très bien. Il a toujours refusé, avec douceur mais fermeté. Ce n'est qu'après sa mort que j'ai pu le faire. Je savais qu'il devait être passablement riche. En fait, il était très riche comme l'a montré son testament. L'argent dont j'ai hérité m'a permis d'envisager l'expansion dont je rêvais. J'ai alors acheté une autre distillerie près d'Assotsburg. C'était en fait une petite compagnie, mais notre whisky avait bonne réputation et une clientèle stable. J'ai agrandi l'entreprise, et ça s'est avéré très rentable.

Il fit une pause et continua:

«Ce premier succès m'a encouragé à continuer dans cette direction. J'aurais certainement pu acquérir d'autres distilleries dans le Kentucky mais je ne le souhaitais pas. Le whisky américain est très populaire aux États-Unis et le marché énorme, c'est évident. Mais je ne recherchais pas l'expansion en soi et j'ai commencé à comprendre, à mon grand étonnement d'ailleurs, que je ne me contenterais jamais d'une renommée uniquement américaine. Partout dans le monde, on vend du matériel américain mais non pas du whisky américain. Il n'existe que deux pays — l'Écosse et le Canada — qui fabriquent du whisky de renom vraiment international. L'Écosse vient en tête, nous le savons tous deux; dans le monde entier, du whisky c'est avant tout du scotch. Le rye canadien vient en seconde position. Dans presque tous les pays qu'on peut visiter, il y a peu de bars qui n'aient pas une bouteille de «Seagram», de «Walker» ou de «Stuart & Kilgour».

Renversé dans son fauteuil, Hugh écoutait avec une extrême attention, il s'attendait à ce que Pettigrew, d'une minute à l'autre, lui fasse une offre d'achat ferme pour Stuart & Kilgour. Si une telle proposition lui avait été faite dix ans, ou même seulement deux ans plus tôt, il l'aurait rejetée d'un revers de la main. Mais à ce moment précis et pour des raisons évidentes, sa curiosité était piquée pour de bon. Il était attiré par l'offre que Pettigrew n'allait certainement pas manquer de lui faire, d'autant qu'il se sentait comme fasciné par son interlocuteur. La mainmise américaine — ou les tentatives faites en ce sens par des Américains — était devenue monnaie courante. Cependant, Pettigrew paraissait être un type d'Américain d'une autre trempe. Selon Hugh, il était encore jeune, probablement dans la trentaine; il parlait avec beaucoup de franchise et d'enthousiasme. Son visiteur semblait plus intéressé par la renommée de l'empire commercial qu'il s'efforçait de construire que par sa rentabilité. Malgré sa prudence naturelle, Hugh ne pouvait s'empêcher de croire à la sincérité de Pettigrew.

— J'en suis venu à la conclusion, continua lentement Pettigrew, que ce que je voulais vraiment, c'était acquérir deux distilleries, l'une en Écosse et l'autre au Canada. Je me suis vite aperçu que c'était une idée ambitieuse et je savais que, bien qu'étant plus riche que je ne m'y attendais avant la mort de mon père, je n'aurais jamais assez de fonds pour mener à bien mon plan. J'ai eu de la chance. J'ai trouvé deux associés à qui mon projet a plu et qui ont accepté d'investir de grosses sommes pour le réaliser. Je pourrai vous en parler plus en détail si nous en venons à discuter sérieusement de cette transaction, mais je tiens d'ores et déjà à vous informer que je détiens le contrôle majoritaire de toute l'affaire.

«L'étape suivante était évidente. J'ai fait plusieurs séjours en Écosse où j'ai visité un certain nombre de distilleries. J'ai bu pas mal de scotch, dit-il avec un petit rire bon enfant. Bien sûr, je me doutais bien que les grandes marques — Haig, Dewar, Walker et Grant — n'étaient pas à ma portée. Elles n'étaient certainement pas à vendre, même si j'avais pu réunir suffisamment d'argent. Cela ne me décourageait pas. Ce genre d'acquisition, même si j'avais réussi une telle transaction, ne m'intéressait pas. Je voulais une petite distillerie disposant d'un bon produit et d'une bonne marque, une distillerie qui, grâce à une publicité intelligente, serait capable d'expansion.

«Cette première décision était donc simple et inévitable. La seconde, en revanche, était moins évidente. Lorsque j'ai entrepris mes recherches, ce sont les whiskies de grains mélangés qui dominaient la production écossaise. C'est un marché particulièrement encombré, et une multitude de distilleries connues et bien gérées luttent pour se maintenir. Même si je parvenais à devenir propriétaire d'une distillerie de ce type de whisky, je devrais livrer une rude bataille pour assurer son expansion ou peut-être simplement pour survivre. En fin de compte, j'ai décidé que les whiskies faits de mélanges de grains devaient répondre à trop de concurrence. Par bonheur, ce type de whisky ne monopolise pas toute la production écossaise. Il y a aussi le whisky de malt que, sans aucun doute, vous connaissez très bien. J'avais déjà essayé le whisky de malt aux États-Unis et j'en ai goûté plusieurs marques en Écosse. J'ai découvert également que la popularité de ce genre de whisky croissait lentement mais sans arrêt en Grande-Bretagne et j'en ai conclu qu'avec une publicité bien menée, il pourrait s'implanter solidement aux États-Unis.

De nouveau, Pettigrew fit une pause, puis il enchaîna.

«Un autre point m'a frappé dès le début de mon survol de l'industrie. La popularité du whisky de malt grandit avec régularité mais les distilleries qui le fabriquent, ou du moins certaines d'entre elles, sont de dimensions moyennes ou petites. Elles étaient donc dans mes moyens. J'ai fait plusieurs offres et, pour résumer, mes associés et moi sommes sur le point d'acquérir en pleine propriété une distillerie de whisky de malt, d'importance moyenne et d'un avenir très prometteur.»

Pettigrew s'arrêta encore une fois.

— Continuez, je vous prie, dit Hugh d'un ton engageant.

— Je vous remercie de votre patience. Je craignais de vous importuner avec cette longue histoire.

— Vous ne pouvez vous arrêter en si bon chemin. Vous m'avez parlé de votre succès en Écosse mais vous ne m'avez pas encore dit ce qui vous a conduit jusqu'à moi.

— Très bien, je continue...

Pettigrew sourit d'un air presque joyeux. Il avait retrouvé son enthousiasme et son ardeur du début.

«Presque tout de suite, enchaîna-t-il, je me suis rendu compte que ma façon d'aborder le problème au Canada devait être différente. C'est une évidence si on y réfléchit le moindrement. Le scotch, dans le monde entier, c'est tout simplement du scotch. Qu'il s'agisse d'un whisky de grains mélangés ou d'un whisky de malt, c'est toujours du scotch. Les distillateurs canadiens se sont aperçus de la puissance de cette appellation à caractère national et ils ont essayé de l'utiliser pour leur propre whisky. Certains d'entre eux ont abandonné le mot «rye» pour le remplacer par «canadien». Ils ont obtenu un certain succès, principalement aux États-Unis, mais n'ont jamais réussi à l'imposer sur le marché international. Du scotch, c'est du whisky écossais... partout. Mais du «canadien», cela ne veut pas dire nécessairement du «whisky» canadien. À l'étranger, si vous voulez du whisky canadien, vous demandez en général du Seagram, du Walker ou du Stuart & Kilgour.

Pettigrew se tut à nouveau, très gêné.

«Je vous prie de m'excuser. Je vous ai expliqué ce que j'ai constaté à propos du whisky canadien comme si je venais de faire une importante découverte, alors que vous connaissez tout cela depuis bien longtemps, je suis désolé.»

— Vous n'avez pas besoin de vous excuser. Ce que vous dites est vrai et je comprends maintenant la raison de votre visite. Vous voulez acquérir une distillerie canadienne. Il existe une bonne douzaine de compagnies sur le marché mais, d'après ce que vous m'avez dit, il n'y en a que quelques-unes qui correspondent à ce que vous cherchez. Vous cherchez un whisky de renom international.

— Exactement, convint Pettigrew. J'aurais pu essayer avec les plus grandes compagnies, Seagram ou Walker. La joute aurait été rude et j'aurais probablement perdu. Mais la vérité est que je n'ai pas envie de me battre. Presque depuis le début, j'ai eu les yeux sur Stuart & Kilgour. C'est une affaire de famille, tandis que les autres sont des sociétés anonymes. Comme la plupart des autres distilleries canadiennes, Seagram et Walker ont mis sur le marché une longue série de marques différentes pour répondre à tous les goûts et tous les portefeuilles. Votre maison a agi différemment. Elle n'a que deux marques. Toutes les deux offrent un whisky à longue maturation et leur prix s'ensuit. Ces marques sont connues presque partout. En fait, Stuart & Kilgour ressemble plus à une firme écossaise qu'à une compagnie canadienne. Elle fait appel à la tradition. C'est ce qui m'a attiré chez vous.

Après une autre pause, Pettigrew fit un geste de la main, indiquant qu'il voulait s'arrêter là.

«J'ai parlé trop longtemps et j'ai abusé de votre temps. Mais il m'a paru essentiel de m'entretenir avec vous à ce sujet. Je l'ai fait et vous m'avez écouté avec beaucoup de patience. Acceptez-vous que je vous fasse une proposition?»

— Bien sûr, je vous écoute.

Hugh se dit qu'il lui fallait écouter très calmement, d'un air dégagé. Mais il était pleinement conscient de ressentir une curiosité irrépressible.

— J'aimerais beaucoup acquérir Stuart & Kilgour, déclara alors Pettigrew d'une voix quelque peu solennelle, et je suis prêt à offrir cinquante millions de dollars. Il est clair que je ne m'attends pas immédiatement à une réponse de votre part. Je désire simplement savoir si vous êtes intéressé à prendre ma proposition en considération. J'apprécierais que vous le fassiez, ce qui ne vous engage d'ailleurs en rien.

Hugh essayait vainement de réfléchir. Il ne voulait pas l'admettre mais son cerveau était en ébullition. Toute sa carrière, toute l'histoire des Stuart, tout le passé de Stuart & Kilgour, lui criaient avec force de rejeter cette offre une fois pour toutes. Mais il ne pouvait le faire car ce rejet serait alors définitif, irrévocable. Il lui fallait du temps pour y penser. Après tout, Pettigrew ne lui demandait rien d'autre.

— Entendu, finit-il par répondre. Je vais y réfléchir. Et très sérieusement. Comme vous le savez, c'est une entreprise familiale qu'ont échafaudée quatre générations de Stuart. Je ne pourrais pas en disposer tout seul. Bien sûr, je suis majoritaire mais il y a d'autres personnes que je devrais consulter avant de prendre une décision finale.

Pettigrew hocha la tête d'un air compréhensif.

— Naturellement. Il vous faut du temps pour consulter votre famille et pour vérifier ce que je vous ai dit à mon sujet. Puis-je revenir dans une semaine ou plus, disons... deux semaines?

— De préférence, dans deux semaines. Vous viendrez avec vos associés?

— Certainement. Nous reviendrons vers le milieu d'avril pour entendre votre décision. Si c'est oui, nous pourrons entamer tout de suite la transaction. Dans l'intervalle, tout ceci doit rester entre vous et votre famille et entre mes associés et moi.

— On n'est jamais trop prudent, confirma Hugh. Ceci doit rester entre nous.

Il raccompagna Pettigrew jusqu'à l'antichambre, l'aida à enfiler son manteau et le suivit dans le couloir. L'ascenseur arriva si vite que ni l'un ni l'autre n'eurent le temps de trouver à leur entretien un mot de conclusion convenable.

— Je suis très heureux que vous ayez accepté de me recevoir ce matin.

C'était sans contredit une simple formule de politesse mais, tout en prononçant ces mots conventionnels, il était clair que Pettigrew était plein de joie et d'enthousiasme.

— J'en ai été très heureux aussi, répondit Hugh.

IV

Ce n'était de la part de Hugh qu'un au revoir de pure forme. Était-il vraiment heureux que Pettigrew soit venu? Il ne le savait pas. Il n'en était pas certain du tout. Et, pourtant, il ressentait une sorte de joie. À peine deux heures avant, il cherchait par tous les moyens à transmettre à quelqu'un d'autre la responsabilité de Stuart & Kilgour. Il avait en vain étudié toutes les possibilités. Et au moment même où il en était venu à la conclusion, peut-être pour la dixième fois, qu'il n'y avait pas de solution, Pettigrew n'était-il pas apparu comme par miracle pour lui offrir un moyen de s'en sortir? Il était profondément impressionné par la coïncidence et l'opportunité de la visite du jeune Américain. C'était vrai que son désir de prendre sa retraite n'était pas nouveau. C'était vrai qu'il s'était penché à plusieurs reprises sur les candidats possibles à son poste. Ce matin même, il l'avait encore fait dans un geste de découragement. Puis, tout d'un coup, à l'improviste, Pettigrew avait fait son apparition comme s'il avait répondu à sa prière muette.

Cinquante millions de dollars! Une offre intéressante digne d'être étudiée. Il aurait pu y avoir discussion, surtout à une première étape de négociations pénibles et délicates. Hugh n'avait aucunement l'intention d'entamer de longs pourparlers pour vendre Stuart & Kilgour et, dans les dernières secondes qui avaient précédé l'offre de Pettigrew, il avait souhaité de toutes ses forces qu'elle en vaille la peine. Le soulagement qu'il avait ressenti lorsque son visiteur lui avait fait connaître le montant de son offre, n'était pas celui d'un homme d'affaires sur le point de réussir une belle vente, mais plutôt celui d'un prisonnier qui venait de trouver un moyen de s'évader. Enfin, il avait la possibilité de réaliser ses voeux. Cette offre d'achat était telle qu'il pouvait la présenter sans gêne aux membres de la famille. Ils la jugeraient certainement acceptable et peut-être même généreuse. Hugh avait besoin de leur consentement, il le méritait certainement et, ils le lui donneraient tout aussi certainement. Il prit soudain conscience de son empressement à accepter la proposition de Pettigrew. Tout au long de son entretien avec cet étonnant jeune Américain, il s'était senti troublé et indécis. Maintenant, tout était clair et net.

Il traversa distraitement l'antichambre et revint dans son bureau. Après avoir soigneusement refermé la porte, il s'assit non pas dans son fauteuil mais dans celui que Pettigrew occupait il y a seulement quelques instants. Pendant un long moment, il contempla le parquet. La joie l'envahissait jusqu'à l'étourdir. Puis, d'abord lentement et ensuite plus rapidement, celle-ci commença à s'estomper. L'énormité de ce qu'il se proposait de faire le frappa avec force: la vente, et à un Américain en plus, d'une compagnie vieille de plus d'un siècle et que quatre générations de Stuart avaient contribué à bâtir. Il ne pouvait pas le faire, non! Comment avait-il pu imaginer un seul instant que c'était possible? Comment avait-il pu penser que la famille, qui sans aucun doute se montrerait meilleur gardien que lui de l'héritage familial, accepterait sans discuter une telle trahison de sa part?

C'est presque avec un sentiment de honte qu'il se rappela les difficultés et les luttes des Stuart. S'il vendait la compagnie, il sacrifiait plus d'un siècle de travail et de réputation. Il rejetait toute l'oeuvre de son père et de son grand-père qui avaient tous deux puissamment contribué à la croissance de Stuart & Kilgour. Il désavouait même — et c'était peut-être son plus grand crime — l'esprit d'entreprise du fondateur de la compagnie, Alistair Stuart.

Pour ceux de sa génération, Alistair était un personnage quasi légendaire. Il était mort en 1869, une cinquantaine d'années avant la naissance de Hugh. Mais, dans l'esprit de celui-ci, il était toujours bien vivant. Son portrait, exécuté vers 1840, se trouvait accroché au mur de la bibliothèque de Hugh et celui-ci l'avait souvent étudié avec intérêt et curiosité. C'était le portrait d'un homme dans la force de l'âge, vêtu d'un habit de drap sombre comme le voulait la mode d'alors; le visage était encadré d'un haut col à cravate noire et de cheveux bruns soigneusement coiffés. Il s'en dégageait une impression de confiance désinvolte. On ne pouvait dire qu'il souriait mais la courbe de ses lèvres et le léger éclat de ses yeux suggéraient qu'il ne se laissait jamais trop longtemps ni trop souvent accabler par les problèmes et que, d'une façon générale, il trouvait que la vie avait des bons côtés.

Vers 1851, comme ne manquait jamais de le souligner la publicité de Stuart & Kilgour, il avait fondé la distillerie. En fait, personne n'en connaissait l'année exacte. De toute évidence, Alistair ne s'était jamais beaucoup soucié de ses archives et rares étaient les documents qui subsistaient des premières années de son établissement. Ce qui était dommage, même si la date précise avait peu d'importance, car les Stuart savaient fort bien que la distillerie avait dû naître après la victoire des Réformateurs et la défaite des Conservateurs en 1848-1849. Près de 10 ans plus tard, lors de la promulgation de la première loi sur l'Administration publique, le poste d'adjoint en chef de l'Avocat Général qu'occupait Alistair aurait pu être épargné. Mais, en 1848, la victoire des partisans d'un gouvernement responsable avait permis la mise en place du système américain de l'octroi des postes aux adhérents du parti au pouvoir. Les anciens «employés de l'État», comme disaient les Américains, furent tous mis à pied. Alistair était du nombre.

Qu'allait-il faire? Il avait alors un peu plus de 50 ans, drôle d'âge pour commencer une nouvelle carrière. Il n'existait aucune preuve qu'Alistair ait été inquiet devant l'incertitude de son avenir. Bien au contraire, il réagit à peu près comme s'il était heureux d'être libéré du poste respectable mais sans intérêt que son père lui avait obtenu. Il était loin d'être sans ressources et possédait quelque argent, en partie grâce à l'héritage que lui avait laissé son père, en partie grâce à d'heureuses spéculations foncières. Il avait toujours aimé se trouver en bonne compagnie, bavarder entre amis, boire du vin et rire un bon coup. Parmi ses nombreux amis influents, il y avait presque autant de Réformateurs que de Conservateurs. En vérité, il était tellement aimé et estimé par toutes les personnes de quelque importance à Toronto que le gouvernement Baldwin-Lafontaine l'aurait certainement maintenu à son poste si l'un des Réformateurs les plus en vue n'avait réclamé ce poste pour son propre fils.

Alistair ne manifesta aucun regret ni le moindre ressentiment. Il avait en tête une bonne demi-douzaine de projets lucratifs et il pouvait toujours faire appel à la bonne volonté du gouvernement. Tout semblait donc favoriser un nouveau départ dans la vie d'Alistair Stuart. La crise économique de la fin des années 1840 était parvenue à son terme et le Canada avait recouvré sa prospérité. Alistair fonda alors une distillerie et persuada Roderick Kilgour, un Réformateur qui avait beaucoup d'influence, de se joindre à lui. Il mit également sur pied, bien que les témoignages en soient vagues, une brasserie qui ne dura pas. Ces tentatives de tirer profit de la soif inassouvissable des Canadiens du milieu du XIXe siècle ont certes réussi, mais ce fut le chemin de fer, plus que la bière et le whisky, qui fit le succès de la seconde et étrange carrière d'Alistair. Dans les années 1850, le Canada entrait dans l'ère du chemin de fer et Alistair amassa une bonne partie de sa fortune grâce à des contrats octroyés par le Great Western et le Grand-Tronc.

Tout en pensant à la carrière d'Alistair, Hugh changea encore une fois d'état d'esprit. Pourquoi devait-il se sentir obligé de conserver une entreprise parmi toutes celles que son aïeul avait créées? Pourquoi devait-il considérer comme un devoir familial une obligation morale qui n'en finissait pas? Alistair lui-même n'avait jamais fait preuve d'un grand respect pour le passé. Si l'on en croyait la légende familiale, il s'était plus réjoui qu'attristé de la perte de son poste gouvernemental. Il avait entrepris sa nouvelle carrière avec entrain, énergie et confiance en lui. Il semblait qu'il se fût plutôt libéré de son passé sans chercher à y rester fidèle.

D'un air décidé, Hugh quitta son fauteuil, alla s'asseoir à son bureau et composa un numéro, sans demander à Mlle Rankin de le faire pour lui.

— Allo, oncle Christopher, comment vas-tu? Oh, très bien merci. J'aimerais beaucoup te rencontrer aujourd'hui. Accepterais-tu de déjeuner avec moi au Brock Club? Je sais que je te prends un peu au dépourvu mais...

— J'accepte avec plaisir, mon cher neveu, lui répondit son oncle. En fait, j'allais m'y rendre. Je serai heureux de te voir.

— Alors, disons à midi et demie? demanda Hugh.

Je voudrais te parler de quelque chose.

Il avait vraiment de quoi parler à son oncle! Mais, dans le même temps, il se dit que la discussion qu'ils auraient à table sur l'offre de Pettigrew pouvait n'être que théorique. Il connaissait peu Pettigrew et tout ce qu'il savait venait de celui-ci. Pour le moment, il n'avait aucun moyen de vérifier l'authenticité de ses dires ni la validité de son offre. En lui-même, il croyait en l'honnêteté foncière de Pettigrew, mais il ne pouvait vraiment prendre cette proposition au sérieux tant qu'il ne recevrait confirmation du dossier de l'Américain.

Il sonna et Mlle Rankin apparut. Il lui tendit la carte de visite de Pettigrew.

—Trouvez-moi tout ce que vous pourrez sur ce M. Pettigrew, l'état de ses affaires et son dossier de crédit. Si vous avez des problèmes, demandez à M. Burnaby de vous aider.

Vingt minutes plus tard, il était en route pour le Brock Club.

Chapitre 2

Le Brock Club était aménagé dans ce qui avait été, à la fin de l'époque victorienne, une résidence élégante. Située sur un terrain relativement spacieux, cette maison se dressait sur le côté est de la rue Jarvis, à peu de distance au sud de la rue Bloor. Bâtie en pierres rouge-brun dans le style de cette époque, elle était pleine de coins et de recoins et avait une forme irrégulière, de sorte qu'elle possédait moins de pièces au rez-de-chaussée qu'on était en droit d'imaginer vu l'espace qu'elle semblait occuper. Autrefois, la rue Jarvis, et en particulier le côté nord, était bordée de maisons de ce genre qui appartenaient à des marchands cossus et à des membres prospères de professions libérales. Ceux-ci y vivaient avec leur famille généralement nombreuse et avec au moins deux domestiques. Côté cour, il y avait presque toujours une écurie avec une voiture de maître, une stalle pour le cheval dont on s'occupait avec soin et un petit grenier où l'on entreposait la provision de foin pour l'hiver. En cette époque, le nord de la rue Jarvis était calme. Les quelques tramways de la ville passaient encore bien loin de là. Le seul bruit perceptible le dimanche matin était le cahotement des équipages qui emmenaient des familles élégantes jusqu'à la cathédrale St. James ou l'église Métropolitaine.

Tout ceci se passait il y a 80 ans. Le XXème siècle avait depuis lors envahi la rue Jarvis, ne laissant que des ruines derrière lui. La plupart des vieilles maisons furent démolies pour faire place à de grands immeubles de rapport ou à des hôtels. Celles qui subsistèrent furent transformées en restaurants à la mode ou en boutiques et certaines furent divisées en garçonnières. Les familles qui autrefois y avaient vécu, y compris les occupants depuis longtemps oubliés de la maison qui abritait le Brock Club, étaient déménagés plus au nord, vers Rosedale ou Forest Hill. Toute l'ambiance de la rue Jarvis s'était ainsi transformée. Elle était devenue l'un des grands axes de la circulation automobile qui s'écoulait laborieusement le matin du nord au sud et, le soir, dans le sens inverse. Le vacarme des pneus, des freins et des klaxons, qui diminuait quelque peu la nuit tombée, reprenait dès l'aube, sans jamais vraiment s'arrêter. Des milliers de personnes empruntaient chaque jour la rue Jarvis mais peu y habitaient. Les quelques locataires restaient anonymes, n'y résidaient pas longtemps, connaissaient à peine leurs voisins et ne s'intéressaient pas du tout au quartier. On s'entassait dans les appartements des grands immeubles de rapport, prêts à déménager et souvent impatients de le faire après un mois d'avis, ou encore on nichait dans de petits hôtels ou garnis d'aspect plutôt louche au sud de la rue Carlton.

Le Brock Club n'avait rien de particulièrement remarquable mais, ces dernières années et à sa grande surprise, Hugh avait constaté qu'il s'y rendait pour déjeuner beaucoup plus souvent que dans les autres cercles ou restaurants qu'il avait l'habitude de fréquenter. Dans sa jeunesse, il avait été un membre passablement assidu du City Club auquel son oncle Christopher et lui-même appartenaient. Le City Club était situé dans le bas du centre-ville de Toronto et d'accès facile même à pied depuis le siège social de Stuart & Kilgour. Le Brock Club, au contraire, se trouvait dans le haut de la rue Jarvis et, comme il n'existait aucun moyen de transport public, Hugh s'y rendait généralement en voiture. Cette brève promenade vers le nord lui apportait une agréable sensation, bien que passagère, de liberté. Mais il ne s'agissait pas là d'une éphémère impression de fuite devant les pressions et la routine du bureau. Non. Ce n'était pas seulement une fuite loin du monde des affaires torontois, mais aussi une transition entre deux aspects bien différents de ce même monde. Le City Club rassemblait alors l'élite des affaires de la Ville-Reine, tandis que le Brock Club avait pour membres des hommes qui avaient déjà tenu les rênes de la puissance économique, mais qui les avaient lentement et volontairement laissées à d'autres. Hugh était l'un des plus jeunes membres du Brock Club. Il aurait peut-être dû se sentir plus à l'aise parmi ceux de sa génération au City Club, mais il savait d'instinct que ce n'était pas le cas. Vers la fin des années 60, il avait commencé à en comprendre la raison. Comme les autres membres du Brock Club, il avait atteint le grand objectif commercial de sa vie. Il avait réussi à faire de Stuart & Kilgour l'une des plus grandes distilleries du monde. C'est pourquoi cette préférence qu'il éprouvait envers le Brock Club indiquait qu'il avait franchi une étape décisive de sa vie.

Hugh et son oncle Christopher Stuart s'étaient assis à l'une des petites tables, près de l'immense hall d'entrée du cercle. L'oncle Christopher ne prenait jamais d'alcool avant le dîner, il s'était fait servir un simple verre de vermouth sur glace. Hugh considérait le Stuart Regal comme un whisky de qualité sans pour autant se sentir obligé de consommer de l'alcool de sa propre maison. Il avait commandé un verre de Glenlivet, un whisky de malt. Il venait de terminer le récit de la visite de Pettigrew et de sa surprenante proposition.

L'oncle Christopher agitait distraitement le glaçon dans son verre.

C'était un homme de haute stature, à la charpente osseuse, se tenant toujours bien droit à la manière d'un officier. Il avait le long visage oval des Stuart et le nez allongé et aquilin. Avec l'âge, ce dernier était devenu plus saillant mais la sévérité du visage était tempérée par des yeux pleins de chaleur. Autrefois, il avait eu les cheveux blonds et bouclés mais, aujourd'hui, il ne restait plus de cette gloire passée qu'une couronne frisottée et gris-blanc autour de la tête.

Hugh se sentait réconforté et encouragé par la présence de son oncle dont il connaissait l'affection et la sagesse. Il attendait de lui un conseil judicieux bien qu'il fût difficile à celui-ci d'estimer l'offre de Pettigrew. Il avait certes part aux bénéfices de Stuart & Kilgour mais ne connaissait strictement rien des avoirs et de la situation financière de la compagnie. En 1911, alors que son frère Richard, son aîné de 10 ans, participait déjà à la gestion des affaires de Stuart & Kilgour, il était parti pour Oxford afin d'étudier au St. John's College. Ce qui, aux yeux de son père Alexander, ne devait être qu'un prélude à une carrière dans l'entreprise familiale.

Mais il en fut autrement. Lorsqu'en 1914 éclata la Première Guerre mondiale, Christopher venait tout juste de terminer ses examens à Oxford. Il voulut

immédiatement s'enrôler et les circonstances le favori-
sèrent. Très aimé à Oxford, il avait beaucoup d'amis
issus de familles influentes et son père, qui venait
régulièrement en Angleterre, en toucha un mot à
quelques-unes de ses vieilles connaissances. Christopher fut nommé officier de la Garde et combattit
pendant toute la durée de la guerre; il fut blessé sur la
Somme et revint avec le grade de commandant et la
médaille militaire. Lorsqu'il rentra au Canada, son
père était décédé et son frère Richard avait la haute
main sur Stuart & Kilgour. Les affaires avaient pros-
péré grâce aux commandes de guerre mais les gens
craignaient alors que la paix et la prohibition n'amè-
nent une récession. Christopher choisit alors de faire
son Droit, s'inscrivit à Osgoode Hall et devint stagiaire
à l'étude juridique Crawford, Forgie, Binnington &
Acroyd. Il y était demeuré et, à l'âge de 71 ans, en était
l'associé principal.

Soudain, il leva les yeux du verre qu'il remuait
machinalement.

— Tu te rends compte, bien sûr, de ce que signifie
une telle vente?

— Je ne pense qu'à cela depuis que Pettigrew m'a
quitté.

— C'est la rupture avec le passé.

— Une rupture totale, je le sais.

— Je ne sais pas ce qu'Elizabeth et vos enfants en
penseront, mais je suis certain que Cecilia en sera
choquée. Je dois avouer que je suis moi-même quelque
peu troublé.

— Tu estimes donc que de vendre serait une
erreur?

— Non, je ne dis pas cela et je ne veux pas le laisser
entendre. Mais tu viens de faire exploser une mine
sous nos pieds et je suis encore sous le choc. Je sais
qu'il est inutile de te demander plus de détails car tu
m'as certainement dit tout ce que tu savais. Cepen-

dant, il me semble que, dans une affaire comme celle-là, la personnalité d'un individu est primordiale. Comment est ce Pettigrew? Est-ce qu'il t'a fait bonne impression?

— Oui. À vrai dire, j'ai été surpris et même un peu décontenancé de me rendre compte à quel point j'étais impressionné par lui. J'ai déjà rencontré un certain nombre d'hommes d'affaires américains, c'est entendu, et ils diffèrent de nous de plusieurs manières que nous percevons mais qu'il nous est difficile d'expliquer. Pettigrew est moins différent que tous les autres Américains que je connais. C'est peut-être la raison pour laquelle il m'a laissé une bonne impression.

Hugh sourit et but une gorgée de whisky.

«Oh! je sais que tout ceci est parfaitement ridicule, continua-t-il. Moi, Hugh Stuart, à 52 ans et avec mon expérience — du moins je le crois — me voilà séduit par un homme d'affaires américain que je ne connais pas mais qui a l'air sérieux. Je l'ai senti à plusieurs reprises lors de notre conversation. Je me suis dit que j'étais fou d'écouter une histoire aussi insolite. Et pourtant, j'ai écouté avec un intérêt croissant à cause, je crois, de la personnalité même de cet homme. Comme tu le dis, la personnalité est une chose importante. Pettigrew a de bonnes manières et il n'utilise aucune de ces expressions très populaires que les Américains semblent affectionner.»

— Autrement dit, c'est un sahib! lança oncle Christopher.

— Oui, un sahib ou plutôt un gentleman comme dirait tante Cecilia. J'en ai été conscient tout au long de notre entretien mais, ce qui m'a le plus frappé, c'est son énergie et son enthousiasme. Il a des yeux foncés, noisette ou même bruns, et un visage peut-être un peu trop pâle pour un homme du Nord comme moi. À plusieurs reprises, pendant qu'il parlait, son visage a semblé s'illuminer.

— Et tu es certain qu'il t'a dit la vérité?

— Je n'ai jamais eu le moindre doute. Bien sûr, la première partie de son histoire est facile à vérifier et j'ai déjà demandé à ma secrétaire de faire une enquête approfondie. Je suis certain des résultats et je ne mets pas en doute non plus ce qu'il a dit de son achat d'une distillerie écossaise de whisky de malt. Ce genre de transaction n'est pas nouveau. Il ne fait aucun doute non plus qu'il a beaucoup d'ambition, c'est son projet et il l'a soigneusement mis au point. Tout se tient. Sa visite relève de la logique de son plan. Je suis persuadé que, si nous décidons de vendre, il sera en mesure de payer une cinquantaine de millions de dollars.

— As-tu vraiment envie de vendre?

Hugh écarta les mains dans un geste d'incertitude.

— Je ne sais vraiment pas quoi penser. J'ai changé au moins deux fois d'avis depuis notre entretien. C'est pour cela que nous sommes ici aujourd'hui. Je sais que je dois consulter la famille. Tu en es le doyen et j'ai pensé que ce serait mieux de commencer par toi.

L'oncle Christopher secoua énergiquement la tête.

— Mon cher neveu, tu sais très bien que je ne suis pas à même de te donner un conseil utile sur la vente de Stuart & Kilgour. Je n'ai pas la moindre idée de sa valeur.

— Oui, je le sais bien . . . mais ce n'est pas le genre de conseil dont j'ai besoin. Je suis bien capable de fixer la valeur de Stuart & Kilgour, mais cela ne résout pas le problème. Le fond de la question est tout autre. Toi-même, tu y as fait allusion après que je t'ai eu raconté mon entretien avec Pettigrew. Dois-je ou ai-je le droit de vendre Stuart & Kilgour à un Américain?

L'oncle Christopher réfléchit un moment sans parler.

— Oui, finit-il par dire. Il est toujours délicat de rompre avec le passé. Fatalement, des conséquences s'ensuivent. Si tu es prêt à les accepter, cela signifie que tu es prêt à passer à l'action. Veux-tu vraiment vendre Stuart & Kilgour?

Hugh allait répondre lorsque le garçon s'approcha avec le menu. Au Brock Club, on commandait à l'avance et on avait ainsi toujours le temps de prendre un autre verre. Hugh apprécia ce moment de répit. Il connaissait si bien les goûts de son oncle qu'il composa le menu tout en cherchant une réponse à cette question cruciale. Il commanda des huîtres, des côtelettes d'agneau avec garniture de petits pois, et une demi-bouteille de Pouilly-Fuissé. Le garçon leur servit un autre verre.

— Bien, commença-t-il, je crois vraiment que je veux vendre. Je changerai peut-être encore d'avis avant la fin mais, en mon for intérieur, c'est ce que j'aimerais faire. Depuis quelque temps, je me sens las, sans élan, désabusé. J'ai même pensé que je travaillais trop et que j'avais besoin de vacances. Mais les vacances n'ont pas amélioré la situation. Depuis un certain temps, j'en soupçonnais la cause mais je ne l'ai vraiment admise qu'au début de cet hiver. La vérité est que mon travail ne m'intéresse plus.

— Tu en as parlé à Elizabeth?

— Oui et je pense qu'elle s'en doutait déjà.

— J'ai également eu cette impression même si je ne te vois pas aussi souvent qu'elle.

Hugh eût un sourire mi-figue, mi-raisin.

— Je vois que tout le monde s'en est aperçu alors que je croyais que c'était un secret bien gardé.

L'oncle Christopher prit son verre de vermouth et s'appuya sur le dossier de sa chaise.

— Mon cher neveu, lui dit-il d'un air très sérieux, si tu es las de présider aux destinées de Stuart & Kilgour au point que même tes proches s'en aperçoivent, alors tu as certainement une bonne raison de vendre.

— J'aimerais bien le faire mais je ne vois pas comment. Stuart & Kilgour est une entreprise familiale. Il me faut consulter la famille. Je ne peux pas vendre sans son approbation.

L'oncle Christopher resta songeur pendant un moment puis esquissa un sourire.

— C'est très honnête de ta part, Hugh, mais ce genre de scrupule ne repose pas sur les faits. Dans une large mesure, Stuart & Kilgour n'est une entreprise familiale que de nom. Tu y détiens une majorité confortable. Ton père et toi-même vous en avez porté tout le poids depuis un bon demi-siècle. C'est vraiment ta compagnie. Si tu veux la vendre, qui t'en empêcherait?

— Je ne le peux pas, j'en suis tout bonnement incapable. Pas sans le consentement de la famille. Et notre famille, c'est bien connu, est une vieille famille canadienne. La cession de l'entreprise familiale à un Américain va être très mal jugée par tous ses membres. Il y a dix ou vingt ans, la vente d'une compagnie canadienne à des intérêts américains n'aurait soulevé aucun problème. À cette époque, la mainmise américaine était monnaie courante mais passait inaperçue. Aujourd'hui, c'est bien différent. Une opposition à caractère nationaliste contre l'emprise américaine est née au Canada, principalement chez les jeunes mais pas seulement chez eux.

L'oncle Christopher remuait son verre avec une sorte d'embarras.

— Tu ne devrais pas permettre à l'opinion publique de t'empêcher de faire ce que tu crois être dans ton intérêt. Les Canadiens qui cèdent leurs intérêts à des Américains le font pour des raisons économiques. Toi aussi, tu as de bonnes raisons de le faire.

— Oui, de bonnes raisons personnelles. Mais là n'est pas la question. Si Stuart & Kilgour était une simple compagnie canadienne, je n'aurais certainement pas autant de scrupules à la vendre. Mais ce n'est pas une compagnie canadienne ordinaire, c'est presque une institution. J'admets qu'elle a cessé d'être une entreprise familiale au sens littéral du mot, mais quatre générations de Stuart ont contribué à la bâtir. C'est de l'histoire!

L'oncle Christopher sourit et secoua la tête avec vigueur.

— Mon cher neveu, tu ne dois pas voir ce problème sous un angle aussi romantique. C'est une affaire trop sérieuse. Bien sûr, Stuart & Kilgour est une vieille maison et ton arrière-grand-père Alistair Stuart a fait preuve d'un réel esprit d'initiative en la fondant. Si j'avais dû quitter un poste gouvernemental, bien rémunéré et de tout repos, à l'âge de 50 ans, je crois que je me serais affolé. Alistair ne l'a pas fait. Il était courageux, possédait quelque argent, avait des amis influents et beaucoup de chance. Il est devenu passablement riche, je crois, mais il a fait surtout fortune grâce au chemin de fer. La distillerie n'était pour lui qu'une affaire marginale.

— Mais il l'a fondée! lança Hugh.

— Certainement... mais on ne peut dire que ce soit un grand événement historique pour le Canada. Tu es évidemment très fier de la qualité et de la renommée des whiskies que tu fabriques aujourd'hui, mais je n'ose penser au goût qu'ils devaient avoir dans les années 1850! Autant que je sache, la haute société d'alors n'en buvait pas. Ceux qui en buvaient étaient surtout les immigrants irlandais qui posaient les voies de chemin de fer, y compris ceux qui travaillaient pour Alistair.

Hugh éclata de rire.

— À t'entendre nous n'avons pas lieu d'être fiers des débuts de Stuart & Kilgour...

— Ce n'est pas ce que j'ai voulu dire. Stuart & Kilgour témoigne admirablement de l'esprit d'initiative d'Alistair Stuart. À cette époque, son whisky était plutôt âpre comme l'étaient d'ailleurs tous les autres whiskies distillés alors au Canada, un alcool fabriqué pour la classe ouvrière. Aujourd'hui, les gens croient à tort qu'au XIXème siècle, les Canadiens buvaient du whisky canadien. Ce n'est pas exact. La bonne société préférait le sherry, le vin ou le champagne. Quand on prenait un alcool, c'était du brandy.

— Comme j'aimerais en savoir autant que toi dans ce domaine, soupira Hugh.

— La seule différence est que j'ai 20 ans de plus que toi, c'est tout. C'est ta tante Cecilia qui est la grande historienne de la famille. Elle me reprocherait certainement de ne pas avoir insisté sur le rôle que notre père a joué dans le développement de l'entreprise familiale. Il a fait plus pour elle qu'Alistair lui-même. C'est lui qui a racheté la part de Kilgour. C'est lui qui le premier a trouvé la meilleure façon de faire vieillir nos whiskies. C'est lui qui leur donna des appellations. C'est lui qui a fait du whisky Stuart & Kilgour un alcool respectable. Et pourtant, la distillation du whisky n'était pas son seul et unique champ d'action. Comme son père Alistair, il s'occupait activement de la construction de chemins de fer, ce qui lui permit d'y gagner aussi beaucoup d'argent.

— En somme, fit Hugh d'une voix lente, tu es en train de me dire que c'est mon père qui est le véritable fondateur de l'actuelle Stuart & Kilgour...

— Exactement! C'est lui. Il ne s'est occupé que de Stuart & Kilgour. Il ne s'est jamais intéressé aux chemins de fer. Heureusement d'ailleurs car la grande époque du chemin de fer a pris fin avec les scandales et les banqueroutes. Il s'en est tenu à ce qu'il connaissait le mieux. Il a rendu Stuart & Kilgour célèbre en dépit de difficultés constantes. Ni son père ni son grand-père — pas même son fils — n'ont jamais eu à résoudre les problèmes auxquels il a été confronté.

— C'était un homme courageux, dit Hugh.

II

Pour Hugh, l'histoire des luttes menées par son père était le chapitre qu'il connaissait le mieux de la légende des Stuart. Ces luttes du début du XXème siècle prenaient dans son esprit une telle ampleur qu'elles en devenaient quasiment épiques. La plupart d'entre elles étaient déjà passées à la postérité avant même qu'il ne commence à s'occuper des affaires de Stuart & Kilgour. Peu à peu, il en avait appris les détails. Il était né lui-même en 1914, quelques mois avant l'éclatement de la Première Guerre mondiale. Ses plus lointains souvenirs n'évoquaient que quelques images fugitives mais toujours vivantes des activités de son père. Il se souvenait très bien d'une visite qu'il avait faite, étant enfant, à la plus ancienne distillerie de la compagnie, ce même bâtiment de pierres au bas de la rue Front. Il se revoyait en train de se promener dans des couloirs chichement éclairés, le long de rangées d'énormes tonneaux. Il se souvenait aussi du soir — il avait 13 ans à l'époque — où son père était rentré à la maison en annonçant d'un air triomphant que la prohibition avait cessé et que le gouvernement de l'Ontario avait pris en main la vente des vins et des alcools. Six ans plus tard, alors qu'il était étudiant de troisième année au Trinity College, les États-Unis avaient également mis un terme à la prohibition. À cette époque-là, il connaissait suffisamment bien les affaires de Stuart & Kilgour pour se rendre compte que venaient de prendre fin presque trente ans de vaches maigres. Il apprit la plupart des détails de cette longue et difficile bataille, à son retour au Canada, en 1945, après la Seconde Guerre mondiale, en prenant progressivement part à la gestion de Stuart & Kilgour. Il s'intéressait alors beaucoup à l'histoire de la compagnie et son père, qui disposait de plus de temps, aimait raconter ses souvenirs. Il arrivait parfois que Richard Stuart se rappelât certains faits de sa jeunesse et il se mettait à en parler avec entrain et animation. Tout aussi soudainement, il s'arrêtait. Il rappelait ses souvenirs par épisodes à la manière d'un feuilleton, et chacun se terminait de façon dramatique ou humoristique, mais sans ordre chronologique. Il fallut un certain temps à Hugh pour rassembler les pièces du puzzle et reconstituer l'histoire. C'était enrichissant pour lui. Son père, une fois qu'il avait commencé l'un de ses récits, se laissait prendre au jeu. Presque tout ce qu'il racontait avait trait aux luttes et les victoires du temps de sa jeunesse.

Richard Stuart avait peu à peu succédé à son père Alexander dans les années qui précédèrent la Première Guerre mondiale. Pour un jeune homme comme lui qui espérait mener une vie confortable en fabriquant du whisky, le moment semblait bien peu favorable. La prohibition revenait à la mode et les prédicateurs dénonçaient le fléau social qu'engendrait le commerce de l'alcool. Les écoliers dissertaient avec grand sérieux sur les méfaits de l'alcoolisme, à savoir qu'il menait plus à la criminalité qu'à la pauvreté proprement dite. On affichait des slogans antialcooliques à l'entrée des églises méthodistes ou baptistes.

Richard, qui approchait alors de la trentaine et qui

se sentait encore quelque peu écrasé par ses nouvelles fonctions de directeur général, commença à s'inquiéter de tout ce remue-ménage. Les bars des cercles et des hôtels qu'il fréquentait étaient des lieux qui avaient bonne réputation et qui étaient agréables à fréquenter. Mais il savait aussi que, dans certaines rues louches et hôtels de troisième ordre, il existait des bars d'un genre très différent, sales, bruyants où régnait le désordre. Il avait vu des hommes débraillés et ivres qui en sortaient pour se battre ou se quereller dans la rue. Il fut bien forcé d'admettre que les prohibitionnistes n'avaient pas tout à fait tort avec leur croisade, tout en craignant que le gouvernement provincial, sous la pression de cette morale sévère, ne prenne des mesures restrictives. Toute cette agitation n'en continuait pas moins mais sans résultat. Richard commença doucement à respirer.

Puis, tout d'un coup, presque sans avertissement, la Première Guerre mondiale éclata. Il n'avait que 16 ans au moment de la guerre des Boers, en Afrique du Sud. Il comprit vite que ce nouveau conflit allait avoir beaucoup plus d'impact sur le Canada que le précédent. Cette guerre, tout le monde en convenait, serait complètement différente de toutes celles du passé. Elle mettrait fin à l'autocratie, permettrait l'avènement de la démocratie et répandrait la fraternité humaine! On ne pourrait atteindre ces idéaux que par des sacrifices et des privations. Des hommes s'étaient enrôlés volontairement en faisant le don suprême de leur vie. Quant aux civils, ils devraient non seulement donner ou prêter leur argent, mais aussi abandonner leurs habitudes de luxe et les petits plaisirs de la vie en temps de paix. Les vins et les alcools, Richard le comprit immédiatement, allaient devenir à coup sûr le premier luxe dont les gens riches se départiraient. Les prohibitionnistes avaient rendu l'usage de l'alcool socialement douteux et, maintenant, la guerre allait transformer cette abstinence en un devoir patriotique. Richard fut secoué mais pas trop étonné lorsqu'on annonça que le roi George V avait suspendu, pour toute la durée de la guerre, l'usage des boissons alcoolisées à la Cour. La prohibition du temps de guerre envahit la plupart des provinces canadiennes en 1916 et les États-Unis un an plus tard. Richard avait prévu cette réglementation dans les deux pays.

Au début, il avait envié son jeune frère Christopher qui avait reçu un brevet d'officier peu après la déclaration de guerre et qui s'était embarqué pour la France avec les troupes de Kitchener. Richard était très fier du geste de son frère mais il lui était impossible de suivre son exemple. Leur père était décédé deux ans avant la guerre et la famille ne comprenait plus que lui-même et ses deux soeurs. Cecilia et Emily Il était bien déterminé à ce que Stuart & Kilgour ne soit pas victime du conflit et, par une chance extraordinaire, le gouvernement du Dominion était également bien décidé, pour des raisons différentes, à ce qu'elle continue de fonctionner. Ottawa avait besoin d'alcools industriels et de leurs dérivés, dont l'acétone, pour ses munitions et, pendant quatre ans, en commanda de grandes quantités à Stuart & Kilgour. C'est ainsi que Richard participa à l'effort de guerre tout en sauvant, par la même occasion, l'entreprise familiale.

Pour l'heure, il était très satisfait des résultats mais ne pouvait s'empêcher de s'inquiéter de l'avenir. On sentait bien maintenant que cette guerre interminable tirait à sa fin. À cause de Christopher qui, jusqu'ici, s'en était miraculeusement sorti, Richard souhaitait qu'elle finît bientôt mais, d'autre part, il était continuellement préoccupé par l'incertitude de ce que deviendrait Stuart & Kilgour après la guerre. Les lois sur la prohibition tant au Canada qu'aux États-Unis ne devaient rester en vigueur que pour la durée de la guerre, mais Richard ne pouvait penser sans un certain malaise qu'elles ne seraient pas abrogées de sitôt. L'avènement de la paix prouva qu'il avait vu juste. Toutes les provinces maintinrent les restrictions en vigueur et, pis encore, les États-Unis ajoutèrent à leur Constitution, en 1919, le 18ème Amendement sur la prohibition.

L'avenir s'annonçait plutôt sombre. Les commandes de guerre du gouvernement fédéral avaient évidemment cessé avec la paix et la vente de vins et des alcools était désormais illégale sur tout le continent au nord du Mexique. Richard n'entrevoyait aucun moyen de s'en sortir mais il n'abandonnait pas tout espoir. Il commença par refuser de croire que des lois pouvaient supprimer d'une façon définitive le désir humain normal de consommer de l'alcool dans une atmosphère de détente et de gaieté. C'était une gageure impossible qu'on n'avait même pas essayé de réaliser en Europe. Il s'aperçut bientôt qu'on n'y arriverait pas non plus en Amérique du Nord. La vente légale des vins et des alcools ayant été abolie, il s'ensuivit qu'on en vendit illégalement. Richard ne vit aucune raison de ne pas profiter de ce nouveau type de transactions commerciales. D'ailleurs, ce qu'il faisait maintenant était parfaitement légal puisqu'aucune loi n'avait interdit la fabrication du whisky. Il continua donc avec obstination à en distiller et maintint la qualité de ses produits. Le résultat fut que le Stuart Regal et le Loyalist Rye se vendirent à des prix exorbitants.

Peu à peu, il devint évident que l'optimisme et la ténacité de Richard allaient porter fruit. Partout, en Amérique du Nord, le mouvement prohibitionniste perdait visiblement de ses forces. En 1921, la Colombie britannique et le Québec abrogèrent leurs lois sur la prohibition et mirent sur pied une régie des vins et des alcools. D'autres provinces de l'Ouest suivirent leur exemple et même l'Ontario, si puritain et à son corps défendant, finit par en faire autant. Avant la fin des années 20, il était devenu évident que la prohibition avait perdu la bataille au Canada et qu'elle était une cause perdue aux États-Unis. La fabrication d'alcool clandestin, la contrebande et les conflits entre bandes rivales avaient fini par ridiculiser les espoirs des prohibitionnistes américains et fait la fortune des distillateurs écossais et canadiens. Les profits de Stuart & Kilgour avaient augmenté d'année en année. En 1929, l'entreprise était beaucoup plus prospère qu'une vingtaine d'années auparavant lorsque Richard en avait pris la direction et que la prohibition n'était qu'une vague menace.

Dans l'esprit de Hugh, toute cette époque ne pouvait pas et ne pourrait jamais être revécue. Stuart & Kilgour était sortie plus forte que jamais de cette lutte et, dans les vingt années qui suivirent, avait acquis une réputation internationale. Tout le mérite en revenait à Richard qui en avait passé l'héritage à Hugh.

III

L'oncle Christopher s'installa confortablement devant son assiette d'huîtres.

— Oui, fit-il d'un air songeur, tu ne peux supporter d'encaisser l'argent que ton père a eu tant de mal à gagner.

— Je ne le peux pas. C'est un peu comme si c'était une trahison.

— Tu ne dois pas dire ça, mon cher Hugh. Le terme est beaucoup trop fort.

— Je ne peux m'empêcher d'y penser.

— C'est normal. Mais tu ne dois pas laisser Richard Stuart influencer la décision que Hugh Stuart aura à prendre. Tu peux honorer sa mémoire sans devenir l'esclave du passé. Tu as un caractère bien différent de celui de ton père. Il aimait se battre pour survivre et, toi, tu es las de la routine du succès. Tu dois vivre ta vie, non la sienne.

— Je le sais bien, mais je ne peux vivre d'une façon qui ferait du mal à d'autres ou les choquerait.

— Ces autres, qui sont-ils?

— Les membres de la famille, je crois. Tu as presque réussi à m'ôter de l'idée que Stuart & Kilgour était une institution nationale et historique. D'accord. Mais je ne pense pas moins que je me sentirais malheureux si mon personnel et mes amis désapprouvaient cette vente. En revanche, je suis persuadé que je puis surmonter cette désapprobation si j'ai l'appui de la famille. Je dois la consulter.

— Que veux-tu dire exactement par «consulter», mon cher neveu? Veux-tu leur avis ou leur consentement? Je n'ai pas besoin de te rappeler qu'il existe une grande différence entre les deux. Tu n'es pas lié en recevant l'avis de quelqu'un mais, si tu demandes son consentement, tu ne peux passer outre.

— J'en suis très conscient mais je reste persuadé qu'il me faut un consentement.

Oncle Christopher réfléchit un long moment.

— C'est très risqué, finit-il par dire. Tu peux essuyer un refus. Que feras-tu alors?

— J'arrêterai tout de suite les négociations.

— Si tu es prêt à prendre ce risque, c'est parfait. Mais as-tu vraiment la certitude que tu n'essuieras aucun refus, que tout le monde sera consentant? N'anticipes-tu pas?

Hugh se mit à rire.

— Peut-être bien. Inconsciemment, je prends peut-être pour acquis le consentement de chacun bien que je n'aie pas encore approfondi la question. Je sais seulement que je dois demander leur consentement, que je l'obtienne ou non.

— Et supposons que tu l'obtiennes et que tu vendes la compagnie, qu'arrive-t-il ensuite?

— J'aimerais liquider toute l'affaire le plus vite possible, ce qui veut dire partager l'argent sur-le-champ.

— Veux-tu dire que tu donneras à Emily, à Cecilia et à moi-même le montant correspondant à notre part dans Stuart & Kilgour?

— D'abord à vous trois naturellement. Mais j'en suis à me demander si je dois m'arrêter là. Il me semble que je devrais consulter Veronica et Charles. Après tout, ils hériteront de mes intérêts majoritaires dans la compagnie. Si elle est vendue avant mon décès, je ne vois pas pourquoi ils n'auraient pas leur mot à dire à ce sujet.

L'oncle Christopher regarda avec satisfaction les côtelettes d'agneau dorées à souhait qu'on venait de lui apporter et but une gorgée de Pouilly-Fuissé.

— C'est très généreux de ta part, dit-il, et je crois que c'est bien ainsi.

— Je l'espère. De toute façon, je vais leur en parler. En demandant leur consentement, je ne ferai que reconnaître ce que vous autres avocats appelez les «avantages matériels» de la vente. Ce ne sont plus des enfants. Veronica est majeure depuis deux ans et Charles aura bientôt 25 ans. Je crois que je dois au moins leur faire une avance sur paiement de capital, pour ainsi dire.

— Tu sembles bien décidé à faire participer toute la famille à cette transaction.

— C'est exactement ce que j'ai l'intention de faire. Je veux que ce soit une décision collective au profit de la collectivité. Si chacun consent à la vente, tout le monde recevra sa part des bénéfices.

— Si chacun consent, de répéter l'oncle Christopher lentement et d'un air songeur. J'ai une vague idée de la réponse probable de mes soeurs. Quant à tes enfants dont nous venons de parler, accepteront-ils?

— Charles est un garçon studieux et intelligent. Il n'est attiré que par la carrière universitaire. Il veut devenir professeur de science économique. Je ne pense pas que l'argent constitue pour lui un grand attrait, à moins qu'il n'en ait besoin pour faire de la recherche et disposer d'un matériel coûteux, d'une équipe d'experts pour l'assister ou que son travail ne l'oblige à de très nombreux déplacements.

— Et Veronica?

— À vrai dire, je n'en sais rien. Veronica est une drôle de fille. La plupart du temps, il est très difficile de prévoir ce qu'elle va dire ou faire. Mais si elle s'y oppose, ce ne sera certainement pas pour les mêmes motifs que son frère. Elle ne s'intéresse pas du tout à la politique et se moque totalement de ce que Charles appelle «l'identité nationale canadienne». Elle ne pense qu'au théâtre. Elle me harcèle tout le temps pour avoir de l'argent dans le but d'acheter des costumes et des décors ou encore pour louer un petit théâtre ou une salle de concert.

— Si tel est le cas, elle s'empressera de prendre sa part des cinquante millions de Pettigrew.

— C'est possible, mais je n'en suis pas certain. Ses projets n'ont jamais exigé jusqu'ici de grosses sommes.

Hugh consacra toute son attention à son assiette pendant une minute ou deux, puis de nouveau regarda son oncle.

— Tu sais, oncle Christopher, fit-il d'un ton sérieux, je ne crois pas que ce soit là que se situe le problème. Charles et Veronica donneront probablement leur accord sur la vente. À mon avis, tout repose sur le consentement de mes tantes. Je suis persuadé que tante Cecilia va pousser des hauts cris à l'idée même de vendre Stuart & Kilgour à un Américain. Je ne connais pas aussi bien tante Emily. Est-il possible qu'elle crie au scandale?

— Je dois t'avouer que je ne la connais guère moi-même bien que, par l'âge, elle soit plus proche de moi que Cecilia. En fait, Cecilia et moi, nous nous sommes toujours bien entendus. Nous nous faisions des confidences dont Emily était toujours exclue. Mais, tandis que Cecilia restait à la maison, Emily s'est mariée jeune et elle est partie fonder son propre foyer. Je ne la vois pas très souvent, mais je ne crois pas qu'elle se soit jamais beaucoup intéressée à la famille Stuart ou à la compagnie. Son mari et ses fils l'ont complètement accaparée dans leur milieu d'entrepreneurs et d'ingénieurs miniers.

— Donc,elle ne devrait pas soulever d'objections à la vente de Stuart & Kilgour?

— Probablement pas. Le seul point incertain est son mari. Orville Patterson a presque toujours besoin d'argent liquide. Il s'en sert souvent pour ses grands projets d'ingénierie. De toute façon, même quand il n'en a pas besoin, il n'en court pas moins après. S'il n'était mû que par l'envie de l'argent, il s'accommoderait fort bien de la part des cinquante millions que sa femme toucherait. Malheureusement, il y a une autre facette à son caractère. Il aime jouer les «intermédiaires» dans les fusions et mainmises de compagnies. Il pourrait très bien se mettre en tête d'obtenir davantage.

— Je n'accepterai aucune intervention de sa part, lança Hugh avec impatience. Cela ne le regarde pas.

— Bien sûr, mais tu ne tiens certainement pas à te le mettre à dos, n'est-ce pas? N'oublie pas qu'Emily est complètement sous son emprise. Si tu l'exclus de la transaction, il peut l'inciter à refuser son consentement. À ta place, j'essaierais de le mettre dans la confidence. Il en sera certainement très flatté.

Hugh resta songeur pendant un moment.

— Il me vient à l'idée que le mieux serait de convoquer toute la famille pour étudier la proposition de Pettigrew. Je pourrais y inviter Orville en même temps que sa femme.

— C'est une excellente suggestion.

Il y eut un moment de silence pendant que le garçon servait le café.

— En attendant, dit Hugh, il y a toujours tante Cecilia. Nous n'en avons pas encore parlé.

— Oui, ta tante Cecilia. Une femme extraordinaire!

— Que dira-t-elle à ton avis?

— J'aimerais bien le savoir. Cependant, je crois que la perspective de cette vente va la chagriner profondément. Elle t'aime beaucoup, Hugh. Spontanément, elle voudra que tu agisses à ta guise mais, si tu le fais, tu blesseras l'élément qu'elle considère comme le plus important dans sa vie. Elle n'a pas d'enfants et ne s'est jamais mariée. Elle a vécu pour et avec la famille et son histoire. Et Stuart & Kilgour représente certainement pour elle la plus grande réussite de la famille.

Hugh pensait avec chagrin combien son oncle avait raison. Toute la vie de Cecilia rappelait son attachement profond pour les Stuart. Elle avait grandi dans la maison de son père jusqu'à l'âge adulte et avait ensuite vécu pendant plusieurs années avec son frère Richard, après la mort prématurée et tragique de la mère de Hugh. Elle vivait maintenant dans la vieille maison familiale d'Admiral Road, que Hugh se souvenait avoir habitée étant enfant, avant de déménager à la fin des années 20 dans une maison plus moderne et plus élégante donnant sur May Square. Tante Cecilia avait repris la vieille maison victorienne avec une joie non dissimulée et l'avait remplie à craquer de souvenirs des Stuart. Hugh avait hérité du meilleur portrait de son père et, pour sa part, tante Cecilia avait rassemblé toutes sortes de portraits de personnages à l'air guindé, de groupes familiaux, de photos et de souvenirs en tout genre. Mais, par-dessus tout, elle avait réuni une impressionnante collection d'archives, de correspondances d'affaires et de lettres personnelles des Stuart, qu'elle avait systématiquement classées dans la grande pièce du premier étage, celle qui donnait sur le devant de la maison. La vieille demeure familiale était devenue à la fois un musée et une banque d'archives. Dans la pièce que tante Cecilia continuait d'appeler le salon, le dessus de la cheminée était également encombré de babioles de toutes sortes comme à la fin de l'époque victorienne.

— Je ne crois pas qu'elle donne son consentement, déclara Hugh d'une voix lente.

— Je n'en suis pas si sûr. Comme je te l'ai dit, je n'en sais rien. Souviens-toi qu'il y a un point en ta faveur. Pettigrew t'a donné l'impression qu'il était un gentleman et ce fait l'influencera encore plus que toi-même. Certes, elle peut se scandaliser à la pensée de vendre Stuart & Kilgour à l'un de ces Américains malappris et prétentieux mais celui-ci, jeune, poli et bien élevé, arrivera certainement à la convaincre grâce à ses bonnes manières.

Hugh ébaucha un sourire.

— Je vais essayer de la voir seule avant la réunion de famille.

— Une autre excellente idée, mais n'insiste pas trop. Tu te rends compte, j'en suis persuadé, que tu dois agir avec délicatesse. C'est une femme de tête qui a des opinions bien arrêtées sur une foule de questions, mais souviens-toi qu'elle ne supporte pas les discussions qui n'en finissent plus. Elle ne croit pas qu'une femme du monde doive argumenter avec les hommes de sa famille sur les questions d'importance qui la concernent. Si la discussion dure trop longtemps, elle va se replier sur elle-même ou se mettre à pleurer.

— Oui, je le sais, répondit Hugh. C'est pourquoi la perspective de ce conseil de famille m'inquiète. Pourtant, je crois que je dois le convoquer.

— Je le crois aussi. Quand penses-tu le faire?

— Vers la fin de la semaine prochaine. Il faut d'abord que j'en parle à Elizabeth. Nous t'avertirons, cela va de soi.

— Le déjeuner était excellent, déclara oncle Christopher au moment où ils se levaient de table.

— Je te suis très obligé de tes conseils.

Ils se séparèrent sur les marches du Brock Club. L'oncle Christopher déclara avec conviction qu'il avait assez travaillé ce jour-là et prit sa voiture pour rentrer chez lui à Rosedale. À regret, Hugh reprit le chemin du siège social de Stuart & Kilgour, rue King.

Chapitre 3

Hugh arriva devant la porte d'entrée et, dès qu'il en franchit le seuil, eut tout de suite l'impression que la maison était déserte. C'était vendredi. Les enfants pouvaient venir pour le week-end mais, de toute évidence, n'étaient pas encore là. Elizabeth s'était probablement absentée pour l'après-midi et les domestiques avaient dû profiter d'une demi-journée de congé. La maison était silencieuse, il apprécia le calme inhabituel qui y régnait. Après avoir déjeuné au Brock Club, il était retourné à son bureau, mais la réalité tangible de Stuart & Kilgour avec ses meubles, ses téléphones, ses machines à écrire et ses classeurs, l'avait angoissé. Il aurait voulu penser en toute tranquillité à l'offre de Pettigrew et à sa conversation avec son oncle Christopher. Mais les murs trop familiers de son bureau lui avaient paru ceux d'une prison et ne lui laissaient pas l'esprit libre de réfléchir. Il avait donc quitté Stuart & Kilgour de façon précipitée, avant trois heures de l'après-midi, et avait roulé en voiture jusque chez lui, à May Square, et à une vitesse inaccoutumée. En ouvrant la porte, il avait ressenti une impression de soulagement, de libération, et laissé le silence de la maison déserte l'envelopper.

Il parcourut le couloir silencieux et dépassa les deux pièces principales de la maison, c'est-à-dire le salon à droite et la salle à manger à gauche. Au-delà se trouvaient d'autres pièces dont un petit salon et une assez grande bibliothèque qui était devenue le cabinet de travail de Hugh. Là, deux grandes fenêtres à guillotine donnaient sur le jardin où narcisses, tulipes et jacinthes ne tarderaient pas à faire leur apparition. Des rayons de bibliothèque qui contenaient l'importante collection de livres de Hugh, en particulier des oeuvres de la littérature française des XIXème et XXème siècles, occupaient plus de la moitié des murs de la pièce. Dans les espaces dégagés, des tableaux, surtout des portraits de famille.

Les plus beaux tableaux de cette petite galerie étaient sans contredit les deux magnifiques portraits des fondateurs de la branche canadienne des Stuart, Charles Stuart et sa femme Letitia Cathcart, peints par George Romney. L'artiste les avait certainement exécutés au début des années 1790, au moment du départ de Charles et de sa femme pour le Haut-Canada, ou peut-être lors d'un de leurs fréquents séjours en Angleterre. La légende familiale disait qu'ils avaient été donnés en cadeau aux jeunes mariés par la riche famille Cathcart. Certes, ces deux tableaux d'une aussi belle facture dominaient la pièce, mais ils n'en réduisaient pas pour autant la valeur des autres oeuvres qui se trouvaient dans la bibliothèque de Hugh. Les portraits des enfants de Charles et de Letitia, Alistair et Arabella Stuart, étaient des études intéressantes d'un peintre ontarien dont le père de Hugh avait en vain essayé de découvrir l'identité. Ces quatre portraits formaient un ensemble assez impressionnant. Ensuite, dans la lignée des Stuart, un maillon de la chaîne manquait. En effet, le vieil Alexander, le grand-père de Hugh, avait tout bonnement déclaré qu'il ne voulait pas qu'on fît de lui un portrait à l'huile. Richard, qui avait eu sa bonne part de luttes et de réussites, n'avait pas tenu le même langage et avait fait exécuter son portrait, alors qu'il était encore jeune, par Wyly Grier.

Hugh s'installa confortablement dans l'un des grands fauteuils de cuir. Il n'y avait personne pour lui servir du thé et il était encore trop tôt pour prendre un verre. D'ailleurs, il n'avait pas envie de boire quoi que ce soit. Il commença à contempler les portraits. Des centaines et peut-être des milliers de fois, il était passé devant eux sans les remarquer et les avait remarqués sans vraiment les voir. Il leur avait rarement accordé une attention soutenue. Aujourd'hui, pour la première fois peut-être, il éprouvait le besoin de les examiner attentivement. Ils représentaient le passé, celui des Stuart. Et comme il en avait pris conscience lors de sa longue conversation avec son oncle Christopher, c'était le passé auquel il était confronté qui pourrait très bien contrecarrer son désir d'évasion. Le passé était plus vivant que jamais sur ces tableaux et ce passé n'était pas seulement celui des disparus mais s'incarnait également dans les vivants. Son oncle Christopher, lui-même et, par-dessus tout, sa tante Cecilia. Tous les Stuart, génération après génération, semblaient se lever pour lui dénier le droit à la liberté.

Charles Stuart, il était facile de l'imaginer, semblait prendre la tête de la famille qu'il avait fondée. Son portrait qui dominait le cabinet de travail de Hugh symbolisait tout le passé des Stuart. Un tableau superbe, peint avec beaucoup de grâce et de métier, qui représentait un jeune homme blond, habillé à la mode en bleu foncé, dans un décor romantique. Il était presque impossible de mieux rendre la jeunesse radieuse d'un homme. Mais ce n'était pas cette seule jeunesse qu'illustrait Charles Stuart et Hugh le savait bien. Il symbolisait bien d'autres choses encore: la loyauté, le dévouement et le sacrifice de ceux qui avaient tout abandonné et souffert pour une cause qu'ils croyaient juste. Avec des milliers d'autres Loyalistes, lui et son père Richard s'étaient embarqués à New York, au printemps de 1783, à destination de la Nouvelle-Écosse.

Ils avaient laissé derrière eux, à Boston, une belle maison et un cabinet juridique prospère. Ils avaient assisté à la confiscation de leurs biens, avaient subi de nombreuses humiliations, souffert de la faim et affronté de nombreux dangers en se frayant un chemin entre les forces armées britanniques qui encerclaient New York de plus en plus près. Cette épreuve fut trop rude pour l'aîné des Stuart qui mourut à Halifax au cours du premier hiver d'exil. Charles demeura seul. Il n'avait que 21 ans mais, mû par sa volonté de survivre et de réussir, en vint rapidement à la conclusion qu'Halifax n'était pas l'endroit idéal pour un jeune Loyaliste. La Nouvelle-Écosse, malgré les efforts que déployaient les Loyalistes, n'était plus un pays neuf. Sa capitale, Halifax, avait été fondée une bonne trentaine d'années auparavant et Charles constata, à son grand regret, que tous les meilleurs postes gouvernementaux étaient déjà occupés.

Après deux ou trois années de désillusion, il retourna en Angleterre. Il était loin d'être sans le sou. Longtemps avant que l'esprit révolutionnaire des Treize Colonies eût dégénéré en une guerre d'indépendance, son père Richard avait discrètement transféré de Boston à Londres une bonne partie de ses avoirs. Charles avait donc de l'argent puisqu'il resta à Londres quatre ou cinq ans. Il s'y fit un certain nombre d'amis et de relations influentes, en particulier John Graves Simcoe, colonel aux Rangers de la Reine, régiment loyaliste qui combattit pendant la guerre de l'Indépendance. Simcoe fut nommé premier gouverneur de la nouvelle province du Haut-Canada et Charles l'accompagna comme avocat attaché au service juridique.

II

— Bonjour, papa!

Levant les yeux, Hugh aperçut son fils debout dans l'embrasure de la porte. Cette apparition soudaine le fit sursauter. Il était tellement plongé dans la contemplation du portrait de Charles, le fondateur, et dans les péripéties de sa jeunesse que le bonjour de Charles, son fils, lui donna un choc. Un petit choc seulement car, de toute évidence, Charles, le fondateur, n'était pas descendu du tableau pour ressusciter en 1966. Les deux Charles étaient d'ailleurs bien différents l'un de l'autre. Le fils de Hugh était grand comme son aïeul. Il en avait aussi les cheveux blonds, mais non les traits réguliers et l'air hautain, que Romney lui avait attribués.

— Tu es rentré plus tôt que d'habitude, papa!

Veronica qui maintenant prenait un ton moins familier avec la famille, s'adressait depuis quelque temps déjà à Hugh en disant «père», alors que Charles s'en tenait toujours à l'appellation enfantine de «papa». Charles avança d'un pas, heureux de la présence inattendue de son père. Lorsqu'il était collégien, il ne portait que des jeans d'un bleu passé et une veste de velours bleu un peu étriquée mais, maintenant qu'il était en deuxième année d'université, il avait adopté une tenue plus conventionnelle. Les traits de son visage encore un peu arrondis à la fin de son adolescence, étaient devenus plus marqués ces dernières années. Il avait des yeux d'un bleu profond, un regard bon enfant mais vif et intelligent.

Hugh aimait beaucoup son fils. Avec Veronica, il ne se sentait pas toujours à l'aise mais, avec Charles, c'était différent. Son fils avait l'art de s'entendre aussi bien avec ses aînés — ou du moins presque autant — qu'avec ceux de son âge. Son père et lui échangeaient souvent des confidences. Et pourquoi, pensa soudain Hugh, ne me confierais-je pas à lui tout de suite? La réflexion de Charles sur son retour anticipé à la maison ne lui donnait-elle pas l'occasion rêvée de parler à son fils de la proposition de Pettigrew? Il ressentait une certaine hésitation à aborder le sujet mais il savait qu'il devait le faire. Il était bien déterminé à obtenir le consentement de toute la famille. Pourquoi ne pas commencer par l'un de ses membres les plus compréhensifs? Ils étaient seuls, la maison était un havre de silence et ils ne seraient pas dérangés pour quelque temps.

— Oui, je suis revenu plus tôt, dit-il, et j'ai quitté le bureau parce que j'avais besoin de calme et de silence. J'ai un problème qui me préoccupe et dont j'aimerais d'ailleurs te parler. Veux-tu t'asseoir un moment?

Charles s'assit dans l'autre grand fauteuil, en face de son père. Il avait l'air intéressé mais pas du tout impatient.

— J'ai reçu une offre d'achat pour Stuart & Kilgour, commença Hugh sans préambule.

Charles leva brusquement les yeux, très surpris.

— Une offre d'achat?

— Oui, c'est la vérité!

— Tu veux dire une offre pour toute l'entreprise, les distilleries, et tout et tout...

— Oui, c'est bien ça!

— Quand est-ce qu'on t'a fait cette proposition?

— Ce matin même...

— Est-ce intéressant? Combien?

Charles, le futur économiste, aimait les questions précises quand il s'agissait d'argent.

— L'offre est intéressante, peut-être même généreuse. Un montant de cinquante millions de dollars. Le problème est que je suis tenté de l'accepter.

Charles avait maintenant l'air impressionné.

— Je ne connais pas la valeur exacte des avoirs de la compagnie, c'est pourquoi je ne suis pas en mesure de juger, déclara Charles. Mais, à première vue, l'offre semble intéressante. Pourquoi ne l'acceptes-tu pas?

— Réfléchis un instant et tu comprendras pourquoi je ne peux pas. Stuart & Kilgour est une affaire de famille. Je ne peux décider tout seul. Je dois obtenir le consentement familial.

— Vas-tu consulter chaque membre de la famille?

— Oui, et j'ai pensé que je devais commencer par toi.

Charles lui sourit.

— C'est très gentil de ta part, papa. Je me sens flatté d'être traité au même titre que mes aînés. Mais mon avis n'a pas grande valeur et tu le sais bien. J'ignore tout des affaires de Stuart & Kilgour. J'ai choisi une voie complètement différente et je ne veux pas l'abandonner. Je ne te succéderai jamais comme président-directeur général de l'entreprise familiale. J'ai l'impression que c'est plutôt à toi de décider. Si tu veux vendre, pourquoi ne le ferais-tu pas?

Hugh réfléchit un instant. Tout le monde avait l'air de penser que la responsabilité qu'il voulait faire partager aux autres, ne reposait que sur ses épaules.

— Charles, reprit-il enfin d'un air plutôt solennel, Stuart & Kilgour est une entreprise familiale qui existe depuis plus d'un siècle. La vendre serait l'événement le plus grave de toute l'histoire des Stuart. Nous devrons abandonner tout ce qui a fait notre prestige, ainsi que le champ de nos activités et notre principale source de revenus. Pour cela, on m'offre cinquante millions de dollars comptant. N'en vois-tu pas les conséquences?

— Veux-tu dire qu'au cas où tu vendrais le patrimoine familial, tous les Stuart s'en partageraient le capital?

— Exactement, et c'est aussi la raison principale pour laquelle toute la famille doit donner son consentement à cette vente. Je ne peux décider seul de la vendre ou d'en garder pour moi tout le montant. Si c'est vraiment la fin de notre entreprise familiale, je veux en terminer pour de bon et partager l'argent entre ses membres. Je veux être quitte de cette affaire une fois pour toutes.

Charles perçut l'anxiété dans la voix de son père.

— Tu en as assez de Stuart & Kilgour, n'est-ce pas, papa? Je suis pour la vente et le partage de l'argent. Je présume que notre oncle et nos tantes recevront leur part?

— Je voudrais faire plus encore. Ma propre part est de loin la plus importante et j'aimerais vous en donner une partie, à toi et à Veronica. De toute façon, vous en hériterez tous les deux un jour mais, en attendant, vous pourriez disposer d'un revenu régulier grâce à ce capital. Si la vente se fait dans les termes énoncés... Vous méritez autant que les autres de recevoir cet argent.

— Je ne sais pas si je le mérite mais, chose certaine, il me sera bien utile. J'ai un ou deux projets de recherche et, dans le domaine économique, ce genre de projet coûte une fortune de nos jours. Mais d'où viennent ces cinquante millions? Tu ne m'as encore rien dit de l'acheteur éventuel?

Hugh se rendit à l'évidence que le moment de

vérité était venu. Cette question aurait pu être posée plus tôt mais la conversation avait suivi son cours sans qu'il la dirigeât vraiment.

— Avant que tu ne donnes ton consentement, reprit Hugh, je dois d'abord te dire que cette offre d'achat m'a été faite par un Américain.

Charles sursauta.

— Un Américain?

— Oui, un Américain. Il s'appelle Pettigrew et il vient du Kentucky. Il est propriétaire d'une distillerie de whisky quelque part du côté de Lexington.

— Quel genre d'homme est-ce?

— Il me plaît beaucoup. C'est un homme qui a de la classe, très bien élevé. Il est ce qu'oncle Christopher appelle un sahib...

Un long silence se fit. Charles secoua soudain la tête comme s'il était contrarié. Il avait un air chagrin que Hugh ne se souvenait pas lui avoir vu depuis longtemps.

— Je ne sais vraiment pas pourquoi je t'ai posé cette question, dit-il. Le genre d'homme qu'il est n'a aucune importance, qu'il vienne de Brooklyn ou de Las Vegas. C'est un Américain et il veut acquérir Stuart & Kilgour. Si la transaction se fait, garderas-tu des actions dans la compagnie et un siège au conseil d'administration?

— Non. Je te l'ai déjà expliqué. Ce sera une vente totale.

— Est-ce que le nom de Stuart & Kilgour fait partie de la vente?

— Évidemment. Pettigrew n'offrirait pas cinquante millions de dollars uniquement pour les distilleries et les bureaux. Il veut le nom et le prestige de notre maison.

— En d'autres mots, c'est ni plus ni moins une mainmise américaine, n'est-ce pas?

Hugh se sentit un peu agacé par la constatation de

son fils, mais cette attitude ne le surprenait pas. Il savait bien que Charles se souciait fort peu du caractère familial et historique de Stuart & Kilgour, mais qu'il était très susceptible en ce qui concernait le statut canadien de l'entreprise, notamment son contrôle par des intérêts canadiens. Le manque d'intérêt que Charles portait aux Stuart était assez curieusement compensé par un penchant marqué pour les affaires nationales. Hugh avait plus d'une fois pensé que son fils serait le seul et unique homme politique de la famille. À l'université, Charles était devenu membre de la section étudiante du Nouveau parti démocratique mais, à l'instar de ses amis, il s'intéressait plus aux grands débats de l'heure qu'aux partis eux-mêmes et aux personnalités politiques. Il avait même une fois déclaré, lors d'une discussion dont Hugh avait oublié le sujet, qu'il était un nationaliste canadien convaincu. Hugh avait de la difficulté à saisir exactement le sens précis de ce terme. Charles s'était mis alors à discourir sur l'expansionnisme américain et sur la menace qu'il représentait pour l'indépendance économique et politique du Canada.

Hugh essaya de chasser son irritation croissante. Il s'était pourtant attendu à cette réaction et aurait dû mieux s'y préparer.

— Je n'aime pas beaucoup le mot «take over», répondit-il avec humeur, mais je suis prêt à convenir qu'il s'agit de la vente d'une compagnie à capital canadien à une autre compagnie qui s'avère appartenir à des Américains.

— Toute la question est là, Papa. Si tu avais l'intention de vendre Stuart & Kilgour à des Canadiens, je serais le dernier à m'y opposer. Je ne me suis jamais beaucoup intéressé à l'entreprise de la famille et tu sais aussi bien que moi que je ne prendrai jamais ta succession au poste de président-directeur général. Cette idée de vendre ne me gêne pas le moins du monde mais la vendre à des Américains, voilà ce qui m'ennuie. Je souffre à la seule pensée de voir les Stuart se joindre à tous ces Canadiens qui s'empressent de sacrifier le Canada à leurs intérêts et de le céder aux Yankees.

— La situation est-elle si grave?

— Peut-être bien que non. Tu es un homme d'affaires et tu en connais certainement plus que moi sur le contrôle des compagnies canadiennes. Mais n'est-il pas vrai que les Américains se sont emparés depuis la fin de la guerre d'un bon nombre de nos usines et de nos richesses naturelles?

— Il est exact qu'ils ont investi beaucoup d'argent au Canada, ces dernières années, mais d'autres pays l'ont fait également.

— Pas autant qu'eux. En outre — et c'est primordial — ces autres pays ne constituent pas une menace pour l'identité nationale du Canada. Mais les Américains, oui!

Encore une fois, Hugh se sentit un peu déconcerté par l'impétuosité de son fils.

— Tu n'aimes pas les Américains, n'est-ce pas?

— Je ne les déteste pas individuellement bien que j'en connaisse peu. Ce que je n'aime pas, c'est l'intervention américaine dans la politique canadienne et la mainmise américaine sur l'industrie canadienne. Il s'agit là d'un processus qui dure déjà depuis des années et qui s'accentue de plus en plus. Excuse-moi mais je n'arrive pas à comprendre que tu puisses accepter d'y contribuer!

Hugh se sentit soudain très fatigué. Le fossé des générations, dont tout le monde parlait comme si c'était quelque chose de nouveau, venait de s'ouvrir devant lui. Les jeunes, pensa-t-il, malgré leur quête d'expériences nouvelles en reviennent toujours à la stricte tradition de leurs aînés. L'attitude conservatrice de leurs parents constitue pour eux une forme de sécurité derrière laquelle ils peuvent se réfugier s'ils subissent un revers quelconque dans leur soif de changement. Pour Charles, son père avait toujours été le président-directeur général de Suart & Kilgour.

Pourquoi ne continuerait-il pas de l'être? C'était sûrement son devoir patriotique de le faire. Ce genre de réflexion, pensa Hugh, était stérile. Il valait mieux éviter ce conflit de générations plutôt qu'essayer de l'expliquer. Cependant, il n'était pas question pour lui de réprimer son profond désir de liberté. Il n'avait aucune raison de discuter de la position des parents en général mais il voulut «mettre les points sur les i» en ce qui le concernait.

— Charles, lui dit-il d'une voix calme, je m'attendais à ce que tu n'approuves pas l'idée de vendre Stuart & Kilgour à un Américain. Je ne l'aime pas davantage. Si l'acheteur était un Canadien, tu l'accepterais volontiers. Je pense exactement la même chose. Mais quelles sont les chances de recevoir une offre canadienne aussi intéressante? Je peux sans aucun doute passer le restant de ma vie à en attendre une. Je ne tiens pas à courir ce risque. Je dirige Stuart & Kilgour depuis 20 ans et j'en ai assez!

La ferveur nationaliste de Charles tomba d'un seul coup comme s'il avait laissé tomber son masque.

— Je sais. Je n'aurais pas dû t'en parler aussi longtemps. J'en suis désolé, crois-moi. Je n'ai pas le droit de te critiquer au sujet de cette vente de Stuart & Kilgour à un Américain. Si je m'étais montré intéressé et capable de le faire, j'aurais pris la direction de la compagnie dans quelques années et tu aurais pu peu à peu prendre ta retraite. Je suis le premier Stuart qui refuse de succéder à son père dans l'entreprise familiale. C'est moi qui suis le grand responsable de la situation actuelle. Même si j'ai semblé un moment m'opposer à cette vente, je retire mon objection!

— Non. Ne le fais pas maintenant. Tout ce que je te

demande, c'est de prendre un peu plus de temps pour y réfléchir. J'ai dit à ton grand-oncle Christopher avec qui j'ai déjeuné aujourd'hui après avoir quitté cet Américain, que je n'accepterais pas l'offre de Pettigrew sans le consentement de toute la famille. Je lui ai dit que j'en prenais le risque. Si je n'obtiens pas un consentement unanime, je laisse tomber immédiatement toutes les négociations.

— Tu es plus généreux qu'il n'est nécessaire, papa.

— Je n'en sais rien. Je crois simplement que je n'ai pas le droit d'agir autrement. Je vais convoquer toute la famille un jour de la semaine prochaine pour discuter de l'offre de Pettigrew. Tu nous diras alors à ce moment-là ce que tu en penses.

Tandis qu'ils se levaient tous les deux, Hugh dit à son fils:

— C'est l'heure de prendre un verre, tu prends quelque chose?

— Non merci, papa. Je vais monter dans ma chambre pour me changer, j'ai de plus un exposé à terminer pour une conférence demain matin.

III

Hugh jeta un coup d'oeil à sa montre et fut surpris qu'il ne fût pas encore 5 heures. C'était trop tôt pour boire quelque chose, mais il en ressentait le besoin. Il se rendit dans la salle à manger, se prépara lui-même un whisky soda puis retourna avec son verre dans la bibliothèque. Au fond de lui-même, il savait qu'il devait encore affronter ces portraits qui symbolisaient le passé des Stuart, cet obstacle à son désir de liberté. Comme Charles venait de le lui rappeler sans ambages, le passé des Stuart était essentiellement et exclusivement canadien. Les Stuart avaient défendu l'Amérique du nord britannique qui avait défié les Américains et survécu à leur révolution. Il pensa à Charles, le fondateur, faisant voile vers le nord, à bord d'un vaisseau plein à craquer de Loyalistes, au printemps de 1783. Il se souvint aussi d'Alistair, le fils du fondateur, s'enrôlant à l'âge de 17 ans comme enseigne dans le régiment des Volontaires de York et qui prit part à la bataille de Queenston Heights.

La vente de Stuart & Kilgour à un Américain était-elle une répudiation symbolique de tout ce que les Stuart avaient souffert ou réussi? Au début, Charles lui avait dit que c'était quasiment une trahison envers le Canada. Cela ne l'avait pas seulement surpris, mais l'avait aussi plongé dans le doute. Mais Charles avait fini par ne plus s'opposer à la vente. Ce n'était pas dans son caractère de contredire sérieusement son père. Mais lui, Hugh, était-il aussi prêt qu'il l'affirmait à négocier cette vente? Existait-il une autre loyauté, différente et peut-être plus grande encore que la loyauté envers la famille et la compagnie, qui entrait en jeu dans cette transaction?

Hugh entendit sonner à la porte et se rappela alors qu'il n'y avait personne d'autre que lui au rez-de-chaussée. Il parcourut le long couloir pour aller ouvrir. C'était Veronica.

— Je m'excuse de t'avoir dérangé, père. Je crois que j'ai oublié ma clé.

Hugh l'aide à retirer son manteau trois-quarts blanc cassé. Elle portait une jolie robe d'un épais tissu marron doré qui s'harmonisait bien avec ses cheveux châtains et son teint clair.

— Tu es très élégante, ma chérie.

— Merci, répondit-elle avec un bref sourire. Je me suis changée avant de partir pour le collège. Je voulais rendre visite à grand-tante Cecilia sur le chemin du retour et, comme elle aime encore moins les jeans que mère, je porte toujours une robe ou un tailleur quand je vais la voir.

Hugh se sentit touché que Veronica soit allée encore une fois à la vieille maison d'Admiral Road. Au début, ces visites à sa grand-tante qui semblait se répéter souvent, l'avaient étonné. Il avait du mal à comprendre comment Veronica, qui semblait porter en elle la vitalité arrogante de la jeunesse, pouvait trouver quelque intérêt dans la compagnie d'une vieille dame célibataire qui avait plus de trois fois son âge. Certes, ce qui les séparait était évident mais, bientôt, Hugh s'aperçut qu'il y avait aussi entre elles certaines affinités. Toutes deux étaient des femmes de tête, qui avaient des opinions sur bon nombre de sujets et qui aimaient se sentir libres d'agir. Veronica s'exprimait parfois d'une façon plutôt agressive, tandis que sa grand-tante Cecilia parlait avec une douceur très féminine et employait des expressions châtiées. Pour sa part, Hugh était persuadé que les deux femmes étaient aussi indépendantes d'esprit l'une que l'autre.

Pourtant, tout cela n'expliquait pas ce qu'elles pouvaient bien se raconter au cours des fréquentes visites que faisait Veronica à la vieille maison. Il en avait cependant obtenu une explication — du moins partielle — d'une façon tout à fait impromptue, un beau soir de l'hiver précédent, alors que Veronica était arrivée en retard à la suite d'une longue visite chez sa grand-tante. Aussi bizarre que cela pût paraître, elles avaient en commun la passion du théâtre. Hugh se souvenait vaguement que, durant les années 20, sa tante Cecilia allait souvent avec ses parents et plus tard seulement avec son père, voir des pièces aux théâtres Princess ou Royal Alexandra. À l'époque, il n'avait aucune idée de l'étendue et de la profondeur de son amour pour le théâtre. C'est Veronica qui avait redécouvert ce que ses parents avaient presque totalement oublié.

Cecilia, qui avait trois ans de plus que son frère Christopher, était déjà une jeune femme au début du siècle et son père Alexander, veuf depuis longtemps déjà, aimait beaucoup sa fille et en faisait grand cas. Elle était l'hôtesse de ses réceptions et l'accompagnait généralement lors de ses fréquents séjours en Angleterre. En compagnie de jeunes gens, elle avait assisté à de nombreuses pièces de théâtre à Toronto et plus encore avec son père à Londres, en particulier aux premières d'oeuvres de Shaw, Barrie, Bennett et Maugham. Elle avait même conservé les programmes d'un bon nombre de ces pièces et se souvenait en détail des acteurs et des scènes qu'elle avait vus. Veronica n'avait pas tardé à s'apercevoir que sa grand-tante était une véritable mine de renseignements sur le théâtre d'autrefois. Elle avait également découvert — c'est du moins ce que soupçonnait Hugh — que Cecilia était encline à lui donner de l'argent pour la soutenir dans ses projets artistiques.

— Comment va-t-elle? s'informa-t-il.

— Vraiment très bien. Nous avons parlé de l'oeuvre de Somerset Maugham.

— N'est-il pas mort récemment?

— Oui, en décembre dernier. Elle admire beaucoup ses pièces. Elle a même aimé *La Lettre*.

— Je me suis servi à boire, veux-tu quelque chose?

— Je vais me préparer un Bloody Mary.

— Viens me rejoindre dans la bibliothèque . . . mon verre est déjà là-bas.

Avant que Veronica ne le rejoigne un grand verre à la main, Hugh s'était dit qu'il ferait tout aussi bien de lui parler maintenant de l'offre de Pettigrew. Toute cette affaire le déprimait et le décourageait, mais il n'avait aucune raison d'en retarder la discussion avec sa fille. Il s'était juré de demander le consentement de toute la famille, autant le faire sans délai. Il raconta brièvement toute l'histoire à Veronica, la décision qu'il avait prise d'obtenir le consentement de chacun et ses entretiens avec oncle Christopher et avec Charles.

Veronica l'écouta en silence avec cette curiosité à peine contenue qui était innée en elle, surtout lorsqu'elle était vraiment intéressée. Elle restait penchée en avant, son menton carré et têtu reposant sur ses mains jointes. Tout en elle, ses cheveux châtains et fournis, ses joues maigres et pâles, ses yeux noisette et profonds, dégageait une impression de grande vitalité.

— Vas-tu accepter la proposition de cet homme, père?

— Je ne sais pas. Jusqu'ici, je n'en ai parlé qu'à trois personnes de la famille. Oncle Christopher est d'accord, c'est certain. Quant à Charles à qui je viens tout juste d'en parler, il n'aime pas beaucoup la perspective de vendre Stuart & Kilgour à un Américain.

Veronica hocha la tête d'un air agacé.

— C'est bien là Charles et son stupide anti-américanisme. J'espère que tu ne vas pas en tenir compte, n'est-ce pas? Cette offre, vas-tu l'accepter?

— J'ai dirigé Stuart & Kilgour pendant 20 ans et j'ai envie de changement.

— Tu le mérites. Franchement, cela me conviendrait bien de recevoir une partie de cet argent comme tu as l'intention de le faire pour Charles et pour moi, déclara-t-elle en éclatant d'un petit rire moqueur. J'ai l'impression que mon consentement est plutôt intéressé, ne crois-tu pas?

Ce fut au tour de Hugh de rire.

— De toute façon, je suis content que tu acceptes le principe de la vente bien que je ne sache pas pourquoi tu as soudain besoin d'argent.

— J'ai un projet!

— Un autre projet théâtral?

— Oui, et un grand, cette fois-ci. Je veux acheter un théâtre.

Veronica parlait avec beaucoup d'assurance et de conviction.

— Un théâtre? Mais cela coûte très cher!

— Je sais, je sais. C'est pourquoi je suis très contente que tu vendes Stuart & Kilgour. J'ai trouvé exactement le théâtre qui me convient.

Hugh ne savait que dire. L'enthousiasme de Veronica le transportait dans un monde irréel. Il se mit à lui poser des questions précises sur ce qu'il tenait pour impossible.

— Où se trouve-t-il?

— Dans la rue Victoria, dans le bas de la ville.

Actuellement, ce n'est qu'un cinéma de troisième ordre.

— Mais un cinéma, ce n'est pas un théâtre, voyons!

— Celui-ci en est un. Il n'a pas été construit pour être un cinéma, c'est un authentique théâtre. Il a une scène, des loges, tous les mécanismes de mise en scène et une fosse d'orchestre. Tout tombe en décrépitude parce qu'on ne s'en est pas servi depuis belle lurette. Il y aura des tas de réparations à faire mais tout est déjà en place.

— Je ne vois toujours pas pourquoi tu veux acheter un théâtre. Je croyais que tu voulais seulement jouer et faire de la mise en scène.

— C'est bien ce que je fais...

— Ta mère et moi avons vu cette pièce dont tu as fait la mise en scène à Hart House, en décembre dernier. Comment s'appelait-elle déjà?

— C'était *The Deep Blue Sea* de Terence Rattigan. Oui, une pièce intéressante...

— Pourquoi ne continues-tu pas à jouer et à faire de la mise en scène à Hart House?

— Père, je joue et je fais de la mise en scène à Hart House depuis quatre ans déjà et j'ai étudié pendant quatre ans également l'art dramatique à l'université. J'aurai mon diplôme cette année comme d'ailleurs la plupart de ceux qui ont joué dans *The Deep Blue Sea*. Nous avons acquis pas mal d'expérience, nous croyons que nous avons du talent et nous en avons assez d'être amateurs. J'aimerais fonder une troupe professionnelle. Si j'en avais les moyens, je sais que je pourrais persuader quelques acteurs chevronnés de se joindre à nous.

— Est-ce que cette idée t'est venue récemment? demanda Hugh d'un ton sceptique. C'est bien la première fois que j'en entends parler.

— Je n'ai jamais osé en parler. De toute façon, ce

n'est pas une nouvelle lubie de ma part. Je ne viens pas de l'imaginer simplement parce que tu me parles de cette vente et de ma part de cet argent. Il y a déjà un certain temps que je songe à fonder une petite troupe professionnelle, mais je n'avais aucune raison d'en parler puisque je n'avais pas l'argent pour le faire. Maintenant, nous pouvons aller de l'avant.

— Avec ton argent, remarqua-t-il d'un ton acide.

— Oui, avec mon argent. Si je reçois une partie de la vente de Stuart & Kilgour, je m'en servirai. Je sais bien qu'au début, j'en perdrai un peu mais je crois qu'avec le temps, je m'en sortirai assez bien. Les Canadiens aiment le théâtre. Stratford est là pour le prouver.

— Mais Stratford n'est qu'un festival d'été, objecta Hugh.

— Certainement . . . mais cela signifie que son succès est également possible en ville. Après tout, le Crest Theatre a bien survécu à Toronto pendant des années. Une belle réussite!

— . . . qui s'est soldée par un échec, l'interrompit Hugh.

— C'est vrai. Ce n'est cependant pas une raison pour que chaque tentative soit vouée à l'échec. J'ai la conviction profonde que mon projet réussira. Tout joue en sa faveur. Le Canada est redevenu un pays jeune, le Canada de la jeunesse. On fait preuve aujourd'hui de plus de créativité qu'auparavant et l'intérêt porté à l'art dramatique ne cesse de grandir. Charles prétend que c'est l'approche de l'anniversaire du Centenaire qui est à l'origine de ce renouveau. C'est stupide, bien sûr mais, si le Centenaire permet au théâtre canadien de se développer, tu peux être certain que le 1er juillet 1967, je ne manquerai pas de me lever à l'aube pour brandir avec enthousiasme le nouveau drapeau canadien. Elle se leva d'un bond et se mit à aller et venir nerveusement. Hugh n'avait jamais vu sa fille aussi exaltée. Jamais elle n'avait tenu devant lui des propos aussi passionnés. Il comprit qu'il était malvenu de lui reprocher son impétuosité et regretta même les remarques qu'il avait faites.

— J'en conclus, dit-il, que tu approuves mon désir de vendre . . . La froideur du ton avait presque entièrement disparu.

Veronica ne perçut pas le changement d'humeur de son père.

— Oui, bien sûr puisque j'ai besoin de cet argent. Un long silence se fit.

— Je vais monter dans ma chambre, dit-elle enfin d'un air maussade. Je m'étais promis de travailler pendant la fin de semaine. J'en ai grand besoin.

Elle se tourna vers son père, à nouveau souriante.

— Ne te laisse pas influencer par mon idiot de frère. Ne refuse pas cette offre, s'exclama-t-elle.

IV

Veronica partie, Hugh se carra dans son fauteuil et but la dernière gorgée de son whisky soda.

Les enfants! Veronica et Charles étaient tous deux d'ardents défenseurs du nationalisme canadien mais si différents! De toute évidence, Charles était beaucoup plus tolérant que sa soeur. Il considérait le théâtre canadien comme un élément important de ce qu'il appelait «l'identité canadienne». Quant à Veronica, elle était, à l'encontre de son frère, indifférente à l'indépendance politique et économique du Canada. À vrai dire, elle faisait preuve d'un certain fanatisme ce qui n'était pas le cas de Charles. De qui le tenait-elle? Certainement pas de son père et encore moins d'Elizabeth qui manifestait beaucoup de compréhension et une grande générosité envers les autres. Elle n'avait pu l'hériter de son grand-père Richard si indulgent et moins encore de cette douce et adorable femme dont il se souvenait à peine, sa propre mère.

Hugh se sentit de nouveau attiré par les portraits. Y trouverait-il une réponse aux questions qu'il se posait sur sa fille? Seuls ces tableaux témoignaient encore des deux premières générations des femmes de la famille Stuart. Les détails de leur vie et les aspects de leur personnalité étaient beaucoup moins connus que ceux de leur mari. Certes ces portraits évoquaient certains traits de leur caractère mais correspondaient-ils vraiment à la réalité? À cette époque la photographie n'existait pas encore ou n'en était qu'à ses débuts. On faisait alors exécuter de nombreux portraits à l'huile et les peintres essayaient d'obtenir le plus grand nombre de commandes en flattant leurs modèles. Les portraits de Letitia Cathcart, femme du premier Charles Stuart, et de leur fille Arabella, qui épousa le juge Farquharson, étaient ceux de deux femmes ravissantes bien que Letitia parût un peu moins jolie que sa fille, au visage oval et aux traits réguliers.

Comme elles étaient différentes de Veronica! Hugh croyait parfois retrouver la vivacité de Veronica dans l'expression décidée des lèvres d'Arabella, mais c'était une impression fugace. Veronica était bien l'enfant du XXème siècle; Letitia et Arabella appartenaient à une autre époque. Avec son menton décidé, ses joues maigres et ses pommettes saillantes, Veronica ressemblait presque à une caricature de ces jeunes femmes modernes représentées dans les revues et les publicités de journaux. Letitia et Arabella offraient-elles une image aussi fidèle des femmes de leur époque? Était-il possible, comme l'avait affirmé Oscar Wilde, que la nature imitât l'art?

Hugh regarda plus attentivement le portrait de Letitia Cathcart. Comme celui de Charles, son mari, il avait été exécuté par Romney. Il était de moins bonne facture mais Hugh pensait qu'il était sans doute plus ressemblant. Letitia était representée sous les traits d'une très belle jeune femme. Ses yeux gris et intelligents, sa bouche sévère et son air aristocratique semblaient être l'expression de son caractère. On ne savait pas grand-chose de la vie qu'elle avait menée à Little York qui devint par la suite Toronto, mais ce qu'on en connaissait semblait correspondre à l'impression qui se dégageait du portrait. Elle avait été l'une des hôtesses les plus en vue du *Family Compact* et tante Cecilia avait découvert un article plein de venimosité à son endroit dans le *Colonial Advocat* de William Lyon Mackenzie. On écrivait qu'elle avait intrigué afin d'obtenir pour son fils Alistair un poste gouvernemental important et pour sa fille Arabella un mari qui soit juge au banc du roi ou au tribunal des plaids communs. Hugh accordait peu d'importance à ces racontars et n'y trouvait certainement rien de mal. Quelle mère ambitieuse, prisonnière d'une société aussi fermée, n'en aurait-elle pas fait autant?

Le portrait d'Arabella n'était pas aussi bien fait. Cependant, le peintre local bien qu'inconnu, avait montré un certain talent pour évoquer sa beauté radieuse. Il l'avait peinte revêtue d'une robe à la mode de couleur puce, en brocart, une taille fine et des manches légèrement bouffantes. Elle avait une abondante chevelure auburn, des lèvres pleines et rouges, et un menton carré. L'ensemble dégageait une impression de beauté mais ne dévoilait aucun trait spécifique de son caractère. En fait, il était impossible de savoir quel genre de femme avait été Arabella. Pendant les quarante premières années de sa vie, elle avait mené l'existence même d'une femme de la classe dirigeante du Haut-Canada. Elle aurait pu épouser n'importe quel jeune et beau prétendant de la petite société de Little York mais, elle avait choisi John Edward Farquharson, juge au banc du roi, qui s'était installé depuis quelque temps déjà dans la colonie et qui était son aîné de 20 ans. Un mariage insolite, mais qui semblait très heureux. Ils sortaient partout ensemble et paraissaient très attachés l'un à l'autre.

Puis, soudain, ce fut le drame. Le juge Farquharson fut retrouvé mort dans la neige, près de sa maison, sur la rue Wellington. Il faisait très froid, ce soir-là, et il avait décidé à l'improviste de rendre visite à son ami, le Solliciteur Général, pour bavarder avec lui, prendre un bon verre de porto et faire une partie de tric-trac. Ce dernier habitait à proximité, dans la même rue, mais le juge était à peine sorti de chez lui qu'il glissa sur la glace et se fracassa la tête en tombant lourdement. Il faisait si froid, ce soir-là, que très peu de gens étaient dehors. Arabella croyait son mari chez le Solliciteur Général qui, de son côté, ignorait que son ami avait voulu lui rendre visite. Les heures passèrent. Il était déjà 11 heures du soir et Arabella commençait à s'inquiéter lorsqu'un passant, qui retournait chez lui après avoir soupé en ville, découvrit le juge étendu raide mort dans la rue.

Arabella se comporta comme il était d'usage en la circonstance. Elle pleura le défunt et refusa par la suite toutes les invitations à dîner ou à des soirées. De temps à autre, elle utilisait la voiture de maître de son mari pour aller consulter ses avocats ou ses banquiers, ce qui était naturel puisqu'elle avait la pénible responsabilité de régler la succession. Pendant de longues semaines qui devinrent des mois, la maison resta fermée. Puis soudain, elle disparut. Elle était, selon toute apparence, partie seule et n'avait prévenu de ses intentions aucune de ses amies. On pensa généralement que la mort soudaine et tragique de son mari l'avait bouleversée à un point tel qu'elle avait voulu fuir cette ville pleine de souvenirs heureux de leur vie conjugale. Elle vendit la maison de son mari et ses autres biens pour de l'argent comptant ce qui fut considéré alors comme une preuve supplémentaire qu'il lui était devenu intolérable de demeurer dans la petite ville de Toronto. Elle ne revint jamais. Des années plus tard, probablement vers la fin des années 1850, son frère Alistair reçut une lettre avec le cachet de San Francisco, en Californie. À l'intérieur, il avait trouvé la photographie d'une grande et belle maison qui ressemblait vaguement à une grande résidence d'été. Au dos, un seul mot: «Arabella».

V

Hugh se leva et se détourna des portraits. Ils symbolisaient le passé contre lequel il luttait mais ne proposaient aucune explication du présent. Hugh n'avait décelé aucune parenté entre le caractère impétueux et passionné de Veronica et la personnalité de ces deux femmes. Letitia et Arabella semblaient avoir été les représentantes de leur classe sociale et de leur génération. Le seul événement extraordinaire survenu dans leur vie, c'est-à-dire le départ soudain d'Arabella, pouvait facilement être attribué au drame qu'elle avait vécu. Il était donc inutile de chercher dans le passé une explication du présent. Hugh s'approcha des fenêtres et regarda dans le jardin d'un air absent.

— Hugh!

Il se retourna. Elizabeth se trouvait à l'entrée de la bibliothèque et avait l'air gai et plein d'entrain comme si elle venait juste de quitter une réunion intéressante ou un thé divertissant.

— Bonsoir, chérie!

— Je suis en retard. Est-ce que les domestiques sont rentrés?

— Je crois avoir entendu quelqu'un dans la cuisine, il y a quelques minutes.

— Je vais m'occuper tout de suite du dîner.

— Attends un peu, s'il te plaît. Il n'est pas si tard et j'aimerais te parler.

— C'est important?

— Je crois que oui.

Elizabeth s'assit sur le rebord du fauteuil que Veronica venait de quitter. Pour la quatrième fois de la journée, Hugh recommença le récit de l'offre de Pettigrew.

Chapitre 4

L'ascenseur déposa Hugh au 27ème étage de l'immeuble de la Banque Canadiene d'Industrie. Il obliqua à gauche et se trouva face à de grandes baies vitrées qui s'élevaient à hauteur du plafond. Au centre s'ouvraient deux grandes portes aux battants également vitrés, ornés de lourdes poignées de métal. De part et d'autre de cette majestueuse entrée, le nom de la société Patterson Mining and Engineering Enterprises Incorporated était inscrit en caractères dorés.

Toute cette splendeur était nouvelle pour Hugh bien qu'Orville Patterson occupât depuis déjà plus de deux ans ces locaux luxueux. C'était bien dans le caractère d'Orville, se dit Hugh, de vouloir être l'un des premiers à s'installer dans le plus grand, le plus récent et le plus prestigieux édifice à bureaux de Toronto. Hugh tenait cet oncle par alliance pour un personnage plutôt suffisant et ennuyeux et il ne serait jamais venu visiter le nouveau siège social de Patterson Mining and Engineering Enterprises Incorporated si l'offre de Pettigrew ne l'y avait contraint. Le conseil de famille, prévu pour discuter de la vente, avait été retardé d'une semaine parce qu'Orville se trouvait alors à New York. La date du retour de Pettigrew approchait et Hugh devait se préparer à lui donner une réponse.

Le temps n'était plus aux palabres. La décision du conseil de famille devait être définitive. Il fallait l'approbation générale et le seul moyen de l'obtenir était de s'assurer le consentement de chacun. Dès le début, Hugh avait compris qu'il devait faire une visite préliminaire à tante Cecilia et obtenir aussi l'accord de tante Emily. Comme chacun semblait penser qu'Emily se rangerait à l'avis d'Orville, il devait rendre une visite de courtoisie à celui-ci. À cette seule pensée, Hugh se sentait de mauvaise humeur et mal à l'aise. Il savait très bien jusqu'à quel point Orville pouvait être pontifiant, inutilement zélé et entêté.

En soupirant, il poussa la porte vitrée et pénétra dans une grande antichambre presque vide. Il entendit presque immédiatement un ruissellement et aperçut de chaque côté de l'immense pièce une grande fontaine d'agrément. Un jet d'eau, jaillissant de chacune des fontaines de marbre creusées en forme de coquillage, retombait sur une ravissante naïade entourée de dauphins, de tortues et de grenouilles. Une épaisse moquette aux tons or, orange et bruns recouvrait tout l'espace autour des deux fontaines blanches. Un grand bureau avec des téléphones et une machine à écrire occupait le centre de cette pièce somptueuse.

Une jeune femme blonde à la coiffure soignée était assise à ce bureau; à côté d'elle se tenait une autre femme dont les cheveux bruns étaient retenus par un petit chapeau noir. Elles étaient toutes deux grandes, minces, conscientes de leur élégance. La jeune femme blonde portait une robe de jersey vert-perroquet, garnie de ruches au col et aux poignets, l'autre était vêtue d'un pantalon noir en brocart. Les pantalons commençaient à être à la mode mais Hugh n'avait jamais vu une femme en porter dans un bureau. Il semblait évident que Patterson Enterprises encourageait et peut-être même conseillait à ses employées de suivre la mode jusque dans les moindres détails. La couleur de leur rouge à lèvres et de leur vernis à ongles — rose pâle pour la blonde et carmin foncé pour la brune — avait été choisie avec soin. Elles portaient des chaussures à talons plats. Tout contribuait à montrer que Patterson Enterprises se voulait une compagnie dans le vent.

Hugh se tint devant le bureau sans rien dire jusqu'à ce que la réceptionniste, semblant détourner comme par hasard son regard de sa collègue qui l'écoutait, s'aperçoive de sa présence.

— Puis-je vous aider? demanda-t-elle d'une voix affable.

— Certainement, répondit Hugh. J'ai rendez-vous avec M. Orville Patterson. Je m'appelle Stuart, Hugh Stuart.

La blonde consulta un carnet de rendez-vous, parla brièvement dans l'un des téléphones et invita Hugh à la suivre. Elle le précéda à travers la pièce, gravit quelques marches, suivit un couloir et finalement le confia à une autre femme, notablement plus âgée et habillée d'une façon moins voyante que la réceptionniste. Tout ce cérémonial aurait pu être évité, pensa Hugh, si Orville s'était donné lui-même la peine de l'accueillir mais il savait qu'Orville n'aurait jamais daigné faire un tel geste. Son oncle devait savoir, au fond de lui-même, que Stuart & Kilgour était une maison plus importante et d'une plus grande réputation

que la sienne mais il refusait obstinément de reconnaître cette vérité déplaisante.

La secrétaire frappa discrètement à une porte. Une
voix puissante répondit: «Entrez!» Une fois la porte
ouverte, la secrétaire se retira et Hugh entra dans le
bureau du président de Patterson Mining and Engineering Enterprises. Hugh fut frappé, comme dans
l'antichambre, par les dimensions et le luxe de la pièce,
avec ses grands murs vitrés, quelques meubles modernes et une immense moquette vert foncé. Un bureau
imposant ressemblait à la table d'une grande maison
de campagne. Derrière ce bureau était assis Orville
Patterson.

Il ne releva pas tout de suite la tête, voulant offrir
à son visiteur l'image d'un homme très occupé qui
n'avait pas l'habitude d'être dérangé dans ses ré-
flexions. Il se leva mais resta derrière son bureau et fit
signe à Hugh de s'asseoir dans l'un des fauteuils de
style moderne. Pendant quelques minutes, ils échan-
gèrent des politesses, parlèrent de la famille, de la
pluie et du beau temps. Mais Hugh comprit bientôt
qu'Orville ne voulait plus perdre de temps et qu'il était
préférable de lui exposer rapidement l'objet de sa
visite. Après un bref préambule, il lui fit part en quelques mots de la proposition de Pettigrew et de son
intention de convoquer un conseil de famille.

Orville se carra dans son fauteuil. C'était un
homme grand et fort, à l'aspect presque redoutable,
avec un visage allongé, un teint étrangement livide et
des joues flasques. Il avait des yeux froids et rusés. Ses
cheveux, quoique abondants, étaient coupés en brosse
selon une mode qui remontait à plusieurs dizaines
d'années. Il avait posé sa main osseuse, aux ongles
épais et carrés, sur le bureau devant lui.

— C'est dommage que je ne l'aie pas su plus tôt
durant mon séjour à New York, dit-il. J'aurais pu trouver une meilleure proposition.

— C'est vraiment dommage, rétorqua Hugh. J'avais besoin de tes conseils mais je ne voulais pas te déranger de la sorte. J'ai pensé que tu traitais une affaire importante...

— Une affaire considérable, lança Orville satisfait de lui-même. Nous avons découvert un nouveau gisement d'uranium dans le nord.

Comme cela s'imposait, Hugh manifesta un étonnement admiratif.

— Dans ce cas je suis vraiment heureux de ne pas t'avoir dérangé, dit-il avec empressement. J'ai dû, bien sûr, agir seul sans avoir ton avis, mais j'ai fait effectuer les vérifications et les enquêtes nécessaires et je crois que l'offre est intéressante. Je voudrais seulement être certain de pouvoir l'accepter.

Orville fut aussitôt sur le qui-vive.

— Et pourquoi n'en serais-tu pas certain?

— Il y a la famille...

— Et alors?

— Je crois que je dois obtenir son consentement pour réaliser la vente.

Orville secoua la tête d'un air sévère en signe de désapprobation.

— Une mauvaise idée. Je te l'aurais dit si j'avais été présent.

— Je l'aurais bien voulu. J'ai essayé de faire pour le mieux mais je ne suis pas sûr d'avoir bien agi. J'ai promis de ne pas vendre sans l'approbation de chacun. Maintenant, je ne suis pas du tout certain de l'obtenir. J'ai bien peur qu'il n'y ait une grave divergence d'opinions lors du conseil de famille.

Orville décrivit un grand cercle de la main comme s'il balayait des miettes de pain imaginaires ou des obstacles.

— Tu peux être assuré qu'Emily ne s'opposera pas à ton projet.

— Je savais que tu interviendrais auprès d'elle en

ma faveur, déclara Hugh d'une voix reconnaissante. De toute façon, elle ne s'intéresse pas beaucoup à Stuart & Kilgour.

— Pas le moins du monde!

— Malheureusement, ce n'est pas le cas de tous.

— Tu penses à Cecilia?

— Oui, et aussi à Charles.

Orville se pencha en avant, surpris et scandalisé.

— Charles... tu lui as demandé son consentement, à lui aussi?

— J'ai pensé que je devais le faire.

— Mais pour l'amour du ciel, c'est absurde! Il n'est qu'un étudiant! Quelle raison pourrait-il invoquer contre cette vente?

— Il m'a dit qu'il détestait l'idée d'une mainmise américaine sur une vieille compagnie comme Stuart & Kilgour.

Orville répéta son geste de la main comme pour se débarrasser une fois pour toutes de ce stupide anti-américanisme de Charles.

— Je n'ai jamais entendu une telle ineptie! Le rapprochement avec les États-Unis serait la meilleure solution pour le Canada! Tu peux être certain que je ne mâcherai pas mes mots s'il s'avise de jeter la discorde au conseil de famille.

Hugh se sentit un peu inquiet. Il savait que Charles était fort capable de dire exactement ce qu'il pensait de la vente si on lui demandait son avis lors de la réunion. Hugh avait voulu prévenir Orville d'une telle éventualité pour éviter sa colère. Cependant, il fut surpris par la vivacité de sa réaction. Il devait tenter de l'apaiser.

— Évidemment, Charles a tort, dit-il d'un ton conciliant, mais il est jeune et sérieux. Laissons-le parler. Cela ne fera de mal à personne et je sais qu'il finira par entendre raison.

— Rien que des mots! lança Orville avec une pointe de mépris dans la voix. Donc, il n'y a pas lieu de s'inquiéter. Mais le cas de Cecilia est plus délicat, n'est-ce pas?

— Oui. Je dois agir avec diplomatie.

— C'est de ton domaine, non du mien, déclara Orville avec une certaine complaisance, insinuant qu'une telle manière de faire n'était pas du tout dans son caractère.

Hugh eut un sourire.

— Certainement. C'est à moi de lui parler, de toute façon. Il est préférable de le faire le plus tôt possible. Entre temps, me prêteras-tu ton appui?

— Sans aucun doute.

II

Hugh se dirigea au volant de sa voiture en direction du nord de la ville, partagé entre des sentiments contradictoires à la suite de son entretien avec Orville Patterson. Il se sentait à la fois soulagé et inquiet. D'une part, il avait réussi à obtenir de lui qu'il ne s'oppose pas à son projet et à s'en faire un allié. D'autre part, il s'apercevait que cet appui, en raison même de sa fermeté, pouvait rapidement poser plus de problèmes qu'il n'en résoudrait. Il était plus angoissé que jamais en songeant au résultat du conseil de famille. Il avait pris un risque en rencontrant Orville mais un risque calculé. Le consentement de tante Emily était essentiel et Orville était la seule personne qui pouvait l'aider à l'obtenir.

Tandis qu'il s'engageait dans Admiral Road, Hugh ne put s'empêcher de songer au contraste entre les deux visites qu'il avait décidé de faire ce matin-là. Le luxe tapageur des bureaux d'Orville, était presque un défi à la sobre dignité de la vieille maison des Stuart qui se dressait fièrement avec ses deux étages, son portique central et ses grandes fenêtres. Ses murs de briques rouge foncé étaient rehaussés de boiseries décoratives, peintes en vert sombre, qui soulignaient la toiture et l'auvent du portique. Hugh se souvenait que sa mère, jeune femme pleine de gaieté, avait réussi à persuader son mari de les faire repeindre en blanc avec une petite bordure verte. Il en fut ainsi jusqu'à ce que la famille s'installe à May Square et que tante Cecilia emménage dans la maison. Mais tante Cecilia ne tarda guère à faire repeindre le tout en vert sombre comme autrefois.

Hugh poussa la grille de l'entrée aménagée dans une haie touffue et assez haute, héritage de l'esprit de caste du XIXème siècle, qui semblait incongrue dans le Toronto moderne et égalitaire qui prônait les espaces dégagés. Il s'avança d'un pas ferme dans l'allée recouverte de briques, gravit l'escalier aux marches basses et tira avec force le cordon de la sonnette, vestige d'une autre époque. Il entendit la cloche résonner de l'autre côté de la porte. Agnes ouvrit quelques instants plus tard. C'était une Écossaise d'aspect austère, et son accent de Glasgow était toujours aussi prononcé bien qu'elle fût au service des Stuart depuis plus de 40 ans. En matière d'habillement et de maintien, Agnes était très conservatrice. Elle portait un éternel uniforme bleu foncé avec un col, des manchettes et un tablier blancs. Après bien des difficultés, on avait réussi à la persuader de ne plus porter le bonnet blanc. Hugh représentait à ses yeux la jeune génération des Stuart et elle le traitait avec une familiarité affectueuse mais réservée. Agnes avait bien dû admettre, en raison des fréquentes visites de Veronica, qu'il existait une troisième génération de Stuart mais, comme elle ne voyait Charles que très rarement, il n'était pour elle tout au plus qu'un enfant. Elle considérait que le seul homme de la famille, c'était Hugh.

Ce dernier eut à peine le temps de la saluer cordialement qu'il aperçut sa tante venant à sa rencontre.

— Mon cher Hugh! Comme c'est gentil de venir me voir. D'autant que tu dois être très occupé...

Agnes les quitta pour préparer du café et Hugh suivit sa tante dans le salon. Il s'assit dans l'un des vieux fauteuils en noyer, tout sculptés de motifs floraux et aux bras rembourrés. C'était une grande pièce confortable. Le haut plafond était orné de moulures, les murs recouverts d'une tapisserie brochée vert foncé et le marbre de cheminée, sur le mur nord, veiné de vert pâle et rose foncé. La pièce paraissait plus petite qu'elle n'était en réalité. Elle contenait en effet au moins une demi-douzaine de grands fauteuils, un immense sofa recouvert d'une housse, un piano à queue Steinway et un ensemble de guéridons sur lesquels étaient placés divers objets: des petits coffrets et coupe-papier en argent, des corbeilles, ainsi qu'une multitude de photos dans des cadres d'argent.

À vrai dire, ces photos semblaient envahir toute la pièce. De part et d'autre de la cheminée, étaient suspendus les portraits d'Alexandre Stuart, dans la force de l'âge, avec une barbe imposante, et de sa jolie femme, Honoria, décédée alors que Christopher n'avait que cinq ans. Richard, le père de Hugh, avait sa place sur le mur opposé. Il y avait beaucoup d'autres photos: Christopher ramant avec l'équipe de huit du St-John's College à Oxford, Emily adolescente avec sa première bicyclette, Elizabeth tenant sur ses genoux Veronica encore bébé, assise sur une chaise de jardin près du jeu de croquet à la ferme de Newton Robinson; et Charles, au moment de son départ pour l'Upper Canada College, debout avec son père sur les marches de la maison d'Admiral Road.

Sa tante paraissait heureuse bien que quelque peu surprise de cette visite matinale. Hugh ne savait pas très bien comment lui exposer l'objet de sa visite. Il était plus difficile de comprendre sa tante qu'il ne paraissait au premier abord. Elle semblait vivre en harmonie avec son entourage: une vieille dame célibataire douce et affectueuse, aimant ses frère et soeur, ses neveux et petits-neveux, entretenant le culte de la famille. Cette image touchante qu'elle offrait était de prime abord parfaitement conforme à la réalité, malgré quelques détails contradictoires. Elle n'avait jamais eu recours aux teintures à la mode pour cacher ses cheveux gris clair qui, pourtant, étaient confiés aux soins d'un coiffeur habile. Sa robe discrète, ornée d'une topaze, paraissait sévère et désuète, mais sa longueur suivait la mode et elle avait sans doute été créée spécialement pour elle, comme presque tout ce qu'elle portait, par la maison de couture Ada Mackenzie. L'expression qui se dégageait de son long visage, caractéristique des Stuart, était certes bienveillante mais, dans ses yeux gris, on pouvait lire une intelligence très vive. Elle surprenait parfois Hugh avec son froid réalisme et ses commentaires tranchants.

Dans sa jeunesse, tante Cecilia avait été une ardente sportive qui aimait les activités de plein air et qui s'était distinguée dans ce domaine à la Bishop Strachan School. Bonne nageuse et excellente joueuse de tennis, elle avait été également une fervente de la bicyclette. Elle n'avait jamais appris à conduire car, bien que son père et son frère Richard eussent été parmi les premiers Torontois à posséder une automobile, ils avaient toujours engagé des chauffeurs. Dans le grand garage qui avait autrefois servi d'écurie aux Stuart, il y avait une antique Cadillac. C'était le vieux Bob Jardine, qui faisait à la fois office de chauffeur et d'homme à tout faire, qui la conduisait prudemment dans les rues de la ville. Cecilia ne s'en servait qu'à l'occasion. Elle préférait de beaucoup marcher ou aller à bicyclette. Les femmes de sa génération disaient entre elles qu'elle marchait comme un homme. Elle continua jusqu'à la soixantaine à faire de la bicyclette dans la circulation de plus en plus encombrée... Même lorsqu'elle dut se résigner à contrecoeur à abandonner pour de bon la bicyclette, elle ne voulut pas pour autant se réfugier dans le confort de sa voiture avec chauffeur. Elle avait pris autrefois l'habitude d'emprunter le tramway ou l'autobus et elle continua de le faire. Le nouveau métro de Toronto, qu'elle s'obstinait à appeler le «chemin de fer souterrain», l'attirait beaucoup et, lorsque la première ligne nord-sud fut inaugurée, elle l'avait parcourue en entier plusieurs fois pour le seul plaisir.

«Une femme extraordinaire!» avait dit oncle Christopher. C'était bien vrai mais, en même temps, une femme très émotive que l'on pouvait par inadvertance offenser ou ravir et il était très difficile de découvrir ce qui l'avait blessée tant qu'elle ne laissait pas libre cours à son émotion. Hugh se souvenait en particulier de la grave dépression qu'elle avait subie à la mort de son père et frémissait déjà à la pensée qu'elle pût considérer la vente de Stuart & Kilgour comme la fin de la famille Stuart. Comment pourrait-il lui annoncer ce malheur, confortablement assis dans cette pièce qui reflétait l'histoire de la famille? Il attendit qu'Agnes eût fini de préparer le café et profita de ce délai pour bavarder tranquillement avec sa tante. Finalement, Agnes apparut avec un plateau et sa tante versa le café. Il prit sa tasse et un biscuit. Il ne pouvait plus attendre davantage.

En quelques mots il tenta de lui exposer les faits essentiels. Il osait à peine la regarder pendant qu'il parlait mais, lorsqu'il eut fini, il affronta son regard. Il semblait implorer son consentement.

Tante Cecilia lui sourit doucement.

— Je suis très touchée, Hugh, que tu sois venu exprès me parler de cette affaire. C'est très gentil de ta part.

— Je ne pouvais faire autrement, tante Cecilia. Je devais te demander ton avis. Que dois-je faire?

— Je crois que tu dois faire ce dont tu as envie, Hugh. Je ne connais absolument pas la valeur de l'entreprise mais je suppose que l'offre de ce M. Pettigrew est intéressante sinon tu l'aurais rejetée sur-le-champ...

— Oui, c'est une offre intéressante. Mais, comme je te l'ai dit, je ne vendrai pas sans le consentement de toute la famille. J'aimerais que tu me dises ce que tu en penses toi-même.

La question était directe et exigeait une réponse tout aussi directe. Tante Cecilia reposa sa tasse et sa soucoupe sur la petite table près d'elle. Elle ne souriait plus. Son visage était devenu inexpressif.

— Bien. J'avoue que cette nouvelle est un choc pour moi. Je ne prétendrai certes pas que l'idée de vendre Stuart & Kilgour à un Américain me plaise outre mesure. Cependant, je reconnais qu'elle est devenue ta compagnie et je crois que tu devrais pouvoir en disposer à ta guise. Il m'est agréable de penser que M. Pettigrew a des manières de gentleman. Je crois qu'il m'aurait été difficile de l'accepter s'il venait de l'Ouest américain. Les deux pays que tante Cecilia chérissait le plus étaient le Canada et la Grande-Bretagne. Elle les connaissait tous deux très bien même si elle n'avait gardé que des impressions fugitives des provinces de l'Ouest, en traversant par train le continent nord-américain jusqu'à la Colombie britannique et l'île de Vancouver. Elle connaissait peu les États-Unis. Une fois, alors qu'elle n'était encore qu'une jeune fille, elle avait suivi son père à Chicago et en était revenue avec une opinion défavorable des Américains de l'Ouest. Elle n'était jamais retournée dans l'Ouest américain mais, à plusieurs reprises, avait accompagné son père âgé lors de voyages d'affaires à Boston et à New York. Ces visites qu'elle fit sur le littoral atlantique la confirmèrent dans son opinion que tous les Américains vivant à l'ouest des Alleghanys n'étaient que des rustres. Hugh connaissait cet état d'esprit de sa tante Cecilia et s'en servit pour insister sur la bonne éducation de Pettigrew.

— C'est la même chose pour moi, répondit-il. Pettigrew est un homme qui a de bonnes manières et qui parle avec une certaine recherche. Il vient du Kentucky mais s'exprime comme s'il avait fait des études universitaires en Nouvelle-Angleterre, à Harvard ou à Yale. Je suis certain que tu le considérerais toi-même comme un gentleman, tante Cecilia.

— Je le souhaite de tout coeur. À vrai dire, j'ai malgré tout l'impression qu'il est indûment riche. J'espère qu'il n'est pas de ces insupportables magnats américains. Comment un gentleman peut-il avoir une telle somme d'argent comptant?

— Tout cet argent ne lui appartient pas en propre, tante Cecilia, je crois qu'il a deux associés.

— Les as-tu rencontrés?

— Pas encore, mais je le ferai la semaine prochaine. Ils vont revenir ici pour entendre notre décision. C'est pourquoi Elizabeth et moi nous t'invitons à dîner pour assister au conseil de famille, mercredi soir. J'espère que tu pourras venir. Nous ne pouvons prendre aucune décision sans toi.

— Bien sûr, je viendrai avec plaisir, Hugh, déclara-t-elle en marquant une légère hésitation. Est-ce que notre décision permettra d'en finir avec cette affaire?

— Pas tout à fait. Cela veut dire seulement que nous pourrons entamer les pourparlers définitifs. Pettigrew, ses associés, moi-même et mes adjoints devrons nous réunir pour en discuter, ainsi qu'évidemment nos comptables, banquiers et avocats. Il nous faudra au moins deux jours pour mettre au point tous les détails de la transaction.

— Je vois.

Sa tante avait parlé d'une voix neutre mais Hugh crut y distinguer une pointe de satisfaction. Cependant, cette nuance était si imperceptible qu'il jugea plus prudent et poli de ne pas la questionner davantage.

Un peu plus tard, tandis qu'il roulait en direction de la rue King, il se trouvait encore sous le coup de l'étonnement provoqué par la réaction et par l'attitude de sa tante. L'entrevue s'était certes bien déroulée, comme chaque fois qu'il rencontrait tante Cecilia. Mais, dans le même temps, il se sentait insatisfait. Sa tante ne s'était pas opposée à la vente et lui avait même conseillé d'agir comme il l'entendait. Et pourtant, il était certain qu'elle ne lui avait pas tout dit.

III

Il y avait longtemps que tous les Stuart ne s'étaient pas réunis à l'occasion d'un dîner. Au temps de Richard Stuart, c'était une coutume familiale. À cette époque les grands dîners étaient beaucoup plus fréquents que dans les années 1960. Depuis il était devenu difficile d'entretenir des domestiques et les convenances étaient peu à peu tombées en désuétude. Mais, comme Hugh le savait fort bien, l'abandon de cette tradition dans sa famille s'expliquait différemment. Personne n'avait véritablement remplacé son père à la tête de la famille. Oncle Christopher avait bien essayé de le faire pendant un certain temps mais la mort soudaine de sa femme Muriel y avait mis fin. Oncle Orville, qui avait ses propres amis et relations, n'avait pas montré le moindre intérêt à jouer ce rôle et, jusqu'alors, Hugh avait pensé qu'il était présomptueux de sa part d'y prétendre.

Mais, aujourd'hui, ce grand dîner de famille était non seulement nécessaire, mais inévitable. Elizabeth avait choisi le menu avec soin. Les préférences d'Orville Patterson avaient été l'un de ses principaux soucis.

— Chacun sait qu'il aime manger, avait-elle déclaré. Eh bien, je vais le satisfaire. Ce ne sera pas un menu extraordinaire mais il sera consistant. Je vais faire préparer une crème de champignons, du saumon fumé, un boeuf Wellington avec une jardinière, et un pouding Nesselrode...

— Le pouding Nesselrode est trop européen, objecta Hugh. Orville n'aimera pas ça!

— Je m'attends à ce qu'il ne l'aime pas. Il préférerait certainement de la tarte aux pommes avec un morceau de fromage cheddar par-dessus mais il n'aura rien d'autre que du pouding Nesselrode. Tout le monde l'aimera et Mme Orchard le réussit à merveille.

La pendule de marbre dans le hall indiquait 7 h 10, Hugh venait de remonter du cellier deux bouteilles de Pommard. Il n'avait rien d'autre à faire et, comme il devait bien l'admettre, il éprouvait une certaine excitation mêlée d'inquiétude. La réunion de ce soir était d'une importance cruciale. Tout son avenir dépendait du résultat. Une fois qu'il aurait obtenu le consentement de la famille, le reste s'ensuivrait sans problèmes majeurs. Il ne mettait pas en doute la bonne foi de Pettigrew. La seule grande incertitude était l'approbation unanime des Stuart. Il la voulait et l'espérait de toutes ses forces. Tous ses doutes, incertitudes et réserves s'étaient envolés. Sa seule crainte désormais était qu'une dispute malencontreuse n'éclatât ce soir au sein de la famille et ne provoquât un refus. Il avait fait de son mieux pour s'assurer le consentement de chacun mais l'accord de sa tante lui avait paru trop poli et rapide et il savait combien l'oncle Orville pouvait se montrer désagréable lors de discussions. Il décida qu'en l'occurrence, il passerait outre à ses remarques. Il lui avait demandé d'user de son influence auprès de sa femme et il l'avait par politesse invité à ce dîner. En fait, Hugh n'avait pas la moindre obligation de lui demander son avis au sujet de cette vente. Après tout, c'était Emily, et non pas Orville, qui était une Stuart.

Tante Cecilia, superbe dans une robe de soie pourpre, arriva la première. Oncle Christopher, affable et de bonne humeur, la suivit de quelques minutes. Il avait pensé endosser son habit de soirée comme le faisaient autrefois les Stuart lors des grands dîners de famille, mais Hugh le lui avait déconseillé car Orville ne se serait peut-être pas senti à l'aise. Toute la famille avait donc soigneusement évité la tenue de soirée. Hugh, oncle Christopher et Charles portaient un complet sombre. Veronica avait revêtu une robe-fourreau couleur feu qui faisait ressortir ses cheveux châtains. Elizabeth portait une robe bleue s'harmonisant avec la blondeur de ses cheveux que le temps n'avait pas encore foncés. Tout le monde se connaissait et s'aimait bien. On bavarda et on rit beaucoup. Elizabeth jouait son rôle d'hôtesse avec grâce même si elle n'avait pas autant d'expérience que tante Cecilia à l'époque de sa jeunesse, mais c'était une femme toujours gaie qui aimait parler et rire. Elle préférait recevoir chez elle plutôt que d'aller à des réceptions.

Les Patterson, comme Hugh s'y attendait un peu, arrivèrent avec 20 minutes de retard dans une immense Lincoln Continental. C'était un geste calculé de la part d'Orville, geste qui faisait partie du jeu compliqué qu'il menait contre les Stuart chaque fois qu'il avait affaire à eux. Son but était de se donner de l'assurance, pensant les convaincre que ses affaires étaient bien plus importantes et pressantes que les leurs. Quand il vit que les autres invités étaient déjà arrivés et, selon toute apparence, n'attendaient plus que lui, il ne se sentit pas le moindrement gêné. Bien au contraire, cela le mit d'excellente humeur.

La tante Emily, sa femme, était une personne bavarde et joviale, toujours prête à rire. Elle avait certes vieilli mais bien qu'elle ne fût guère plus jeune que sa soeur Cecilia, un étranger qui les aurait rencontrées ensemble pour la première fois, aurait pu jurer qu'il y avait au moins 10 ans de différence entre elles. Tout le monde avait reconnu dès sa naissance qu'Emily était la beauté de la famille. Elle avait passé toute sa vie à tenter d'être à la hauteur de sa réputation. Les meilleurs coiffeurs s'employaient à entretenir l'éclat de ses cheveux blonds. Elle avait recours aux massages, au corset et parfois au régime pour contrôler sa ligne de plus en plus menacée. Elle portait toujours des vêtements qu'un esprit critique n'aurait pu s'empêcher de trouver trop jeunes pour elle, mais elle le faisait avec tellement d'allant qu'elle désarmait tout le monde. Ce soir-là, elle avait revêtu une robe longue couleur or, largement décolletée. Ses bras et son cou, miraculeusement sans rides, n'étaient pas seulement le reflet de sa beauté passée.

La réception avait bien commencé, songeait Hugh avec satisfaction. Le dîner semblait être en tous points une réussite. Tout le monde apprécia le boeuf Wellington même si Elizabeth avait craint quelque réticence de la part d'Orville qui n'en avait jamais mangé. Elle ne s'était pas trompée non plus en pensant que son penchant pour les desserts sucrés l'emporterait. Veronica, assise à la gauche d'Orville, déployait avec talent son art de la conversation. Charles, placé à gauche de la tante Emily, semblait visiblement captivé par son rayonnement et son gai bavardage. Ils parlaient encore avec volubilité en se rendant au salon. Elizabeth s'occupa du café et Hugh du brandy, des liqueurs et des cigarettes. La conversation continua avec un entrain apparemment soutenu. Hugh s'aperçut qu'il était temps de l'interrompre. Il posa un petit verre de Cointreau sur un guéridon, à côté de l'oncle Christopher, puis avança sa chaise au centre du groupe familial. Le moment était venu.

— Je n'aime pas interrompre une conversation aussi agréable, dit-il d'un ton aussi anodin que possible, mais comme vous le savez tous, je vous ai invités ce soir non seulement pour jouir de votre compagnie mais aussi pour une raison bien spéciale. Un gentleman américain du nom de James L. Pettigrew, propriétaire d'une distillerie dans le Kentucky, a proposé d'acheter Stuart & Kilgour, avec tous ses actifs, y compris la raison sociale, pour un montant que je considère intéressant. Pour ma part, j'ai fort envie d'accepter son offre. À l'instar d'un nombre croissant d'hommes d'affaires nord-américains, j'aimerais prendre ma retraite de bonne heure et, comme il n'y a pas un seul membre de la famille Stuart qui veuille ou qui soit prêt à me succéder au poste de président-directeur général, la vente de la compagnie me semble être le seul moyen de prendre cette retraite anticipée à laquelle j'aspire. Je crois qu'il serait inconvenant que je cache ma pensée. J'aimerais beaucoup vendre. Mais, comme je crois l'avoir dit à chacun d'entre vous, je dois tenir compte du fait que Stuart & Kilgour est une affaire de famille dont les Stuart ont la propriété et le contrôle depuis plus d'un siècle et qu'elle ne peut être vendue sans le consentement de tous ses membres.

Il s'arrêta dans un silence pesant. Il s'était efforcé de parler d'un air dégagé mais c'était une affaire grave. Il fallait être explicite et direct. Après tout, les Stuart vivaient un moment solennel de leur histoire.

— Je vais demander à chacun d'entre vous, continua-t-il, en commençant par les aînés, s'il accepte la vente de Stuart & Kilgour à James L. Pettigrew. Je sais que tout cela a l'air bien officiel et peut-être même pompeux, mais je ne crois pas qu'un simple vote soit suffisant. Je ne me pardonnerai jamais de réaliser cette vente à la suite d'un vote affirmatif, si le consentement obtenu n'est qu'apparent. Si quelqu'un s'y oppose, j'espère qu'il se sentira libre de le dire maintenant. Le consentement doit être unanime sinon la vente ne s'effectuera pas.

Il s'arrêta de nouveau. Il jeta un regard furtif à tante Cecilia. Celle-ci se tenait droite sur son siège comme elle avait l'habitude de le faire. Il ne l'avait jamais vue s'étendre sur un sofa ou prendre ses aises dans un fauteuil. Son visage était impassible.

— Tante Cecilia, tu es l'aînée de la famille, dit Hugh en se tournant vers elle. Consens-tu à cette vente?

— J'y consens, répondit-elle d'un air guindé comme si elle répondait à une question devant un tribunal. Personne ne sait mieux que moi que Stuart & Kilgour est une entreprise familiale qui a une longue histoire derrière elle. Mais c'est Hugh et son père qui ont contribué à son succès et je crois que Hugh doit avoir le droit de disposer à son gré de son héritage.

Elle cessa brusquement de parler comme si elle avait fini un discours appris par coeur. L'atmosphère semblait plus tendue mais Hugh ressentit un certain soulagement en pensant que c'était le tour de sa tante Emily.

— Que penses-tu de cette vente, tante Emily?

— Comme c'est gentil à toi, mon cher Hugh, de me le demander aussi. Je n'ai vraiment pas grand-chose à dire à ce sujet. En fait, je ne me suis jamais beaucoup souciée de l'entreprise familiale ni des whiskies qu'elle fabrique. Je sais que les amis d'Orville en disent beaucoup de bien, quant à moi, je n'en bois pas souvent. Je ne crois pas d'ailleurs que beaucoup de femmes en boivent. C'est pour cela que la vente de la compagnie ne signifie pratiquement rien pour moi. J'ai surtout beaucoup pensé à papa et à ce pauvre Richard qui ont dû surmonter tant d'obstacles, et aussi à ce pauvre Hugh qui semble s'épuiser exactement de la même manière. J'en ai parlé avec Charles pendant le dîner et j'ai été profondément troublée d'apprendre que son père voulait depuis longtemps se retirer des affaires et qu'il continuait à contrecoeur. Cela me paraît terrible, dit-elle en regardant autour d'elle, les joues roses et d'un ton un peu solennel. Certainement, j'approuve cette vente, Hugh, et je souhaite que tu profites bien de ta retraite.

Chacun sembla se détendre un peu. Orville bougea légèrement sur sa chaise comme s'il était soulagé. Il était de toute évidence très fier du petit discours de sa femme. Elizabeth se pencha vers tante Emily et lui donna sur le bras une petite tape d'encouragement.

— Oncle Christopher, demanda Hugh, voudrais-tu nous dire ce que tu en penses?

Ce dernier éteignit sa cigarette et s'inclina légèrement comme chaque fois qu'il s'engageait dans une discussion sérieuse.

— Je suis entièrement d'accord avec Cecilia et Emily. Je suis heureux qu'elles aient toutes les deux dit oui. Je crois que cette vente doit se faire et je considère aussi que Hugh le mérite amplement. Voilà mon argument principal mais j'ai aussi d'autres raisons qui plaident en sa faveur. La première est que, dans un avenir proche, Stuart & Kilgour cessera d'être une entreprise familiale, que nous la vendions ou non. En effet, comme Hugh nous l'a rappelé, aucun Stuart ne veut ni n'est prêt à lui succéder à la présidence. D'ici un certain nombre d'années, quoi qu'il arrive, la compagnie devra être dotée d'une nouvelle direction et probablement d'une nouvelle organisation. Ce soir, nous ne faisons qu'anticiper l'inévitable. Et nous le faisons, c'est là mon dernier point, collectivement, en tant que famille, parce que Hugh a insisté pour qu'il en soit ainsi. Nous devons tous consentir à cette vente et nous en retirerons tous notre part des dividendes.

Hugh se sentit soulagé. L'appui logique de son oncle Christopher renforçait les arguments plus personnels de ses tantes. Le conseil de famille allait certainement dans le sens qu'il souhaitait. La position de Veronica serait ferme et sans détours et Charles ne ferait probablement que réitérer ses réticences dues à son anti-américanisme. Le jeune homme, à la fin de leur entretien dans la bibliothèque, était revenu sur ses paroles, se rappela Hugh, parce qu'il s'était senti coupable.

— J'ai dit au début, fit Hugh plus confiant, que j'allais demander le consentement de chaque membre de la famille. Donc, Veronica et Charles doivent y participer. Ils hériteront de ma part majoritaire dans la compagnie et, si la compagnie est vendue avant mon décès, je crois qu'ils doivent avoir aussi leur mot à dire. Je vais d'abord demander à Veronica son avis.

Hugh avait pu constater à quel point, pendant toute la soirée, Veronica avait été sûre d'elle-même et aimable. Elle s'était conduite avec beaucoup de déférence envers ses aînés tout en laissant entendre qu'elle se plaçait sur un pied d'égalité en tant que membre de la famille.

— J'ai beaucoup réfléchi à cette vente, dit-elle d'une voix lente et pondérée, depuis que père m'en a parlé. Je sais qu'il s'agit là d'une rupture brutale et pénible avec le passé. Comme tante Cecilia je regrette que cela signifie la fin de l'entreprise familiale mais je crois que mon père devrait être soulagé du fardeau qu'il porte depuis si longtemps. Mère, Charles et moi-même savons tous qu'il est fatigué de son travail de bureau. Puisqu'il en est lui-même conscient et qu'il a trouvé une solution acceptable, je crois que nous devrions tous l'encourager à se retirer.

Hugh était heureux bien que surpris de la chaleur du plaidoyer de Veronica. Il ne s'attendait certes pas à ce qu'elle fasse la moindre référence à ce qu'en termes juridiques, on appelle «les avantages matériels» mais le ton avec lequel elle avait parlé de sa santé et de son bien-être était certainement quelque chose de nouveau pour lui. Sa fille le traitait toujours avec tendresse et aimait le prouver par d'affectueux baisers et des paroles d'encouragement mais il ne se souvenait pas qu'elle se fût jamais souciée de sa fatigue et de son désir de prendre sa retraite. Jouait-elle simplement son rôle, comme au théâtre? Il n'en savait rien et, de toute façon, cela n'avait pas d'importance. Il avait atteint son but, ou du moins il en était si près que cela ne changerait rien.

— Charles, reprit Hugh, nous savons tous que tu ne désires pas me succéder à la présidence de Stuart & Kilgour mais je n'en conclus pas que tu consentes automatiquement à cette vente. Qu'en penses-tu?

Contrairement à Veronica, Charles était resté calme et réservé jusqu'à maintenant. Il avait ri avec sa grand-tante Emily pendant le dîner et il avait bavardé gaiement avec les autres en se dirigeant vers le salon. Hugh ne craignait plus maintenant ce que pourrait dire son fils ni la façon dont il le dirait. Charles savait choisir ses mots et la manière de les présenter.

— Je suis prêt à accepter l'offre de Pettigrew et à vendre la compagnie, papa. Tu n'auras jamais une aussi belle occasion de le faire. Je suis le premier Stuart qui ne succédera pas à son père comme président de Stuart & Kilgour. Si j'avais montré un intérêt ou une aptitude quelconque à le faire, papa m'aurait mis au courant des affaires d'ici quelques années et il aurait pu se retirer un peu plus tard. J'ai tout gâché parce que je ne suis pas capable de prendre sa place et je n'ai pas envie de le faire. Je suis le principal responsable du problème qui se pose aujourd'hui à la famille. Je souhaite que papa se retire le plus vite possible en vendant la compagnie.

Il s'arrêta un instant puis, avec un demi-sourire, ajouta en guise de conclusion:

— J'aurais simplement préféré que Pettigrew soit un Canadien plutôt qu'un Américain.

Orville Patterson s'agita.

— Que reproches-tu aux Américains?

— Rien, sinon leur mainmise sur les industries canadiennes.

— Leur argent n'est-il pas bon? demanda Orville d'une voix belliqueuse. Pourquoi n'investiraient-ils pas au Canada.

— Ils investissent dans un but particulier. Ils font main basse sur nos compagnies pour en prendre le contrôle.

— Il le font parce que les Canadiens n'ont pas le courage de développer eux-mêmes leur pays...

— Ils s'emparent de nos richesses naturelles et prennent le contrôle de nos industries pour s'enrichir rapidement.

— Pourquoi n'en tireraient-ils pas un profit légitime? Ce sont les affaires bien que tu ne sembles pas le savoir. Les hommes d'affaires américains ont fait des miracles au Canada depuis une vingtaine d'années. Nous devrions leur être reconnaissants d'avoir autant investi chez nous.

— Je ne partage pas cet avis et ne souhaite pas une croissance économique rapide. Un développement plus lent de l'industrie serait même préférable si celle-ci reste sous notre contrôle.

À ces mots, Orville Patterson s'emporta.

— C'est un non-sens! s'écria-t-il en colère.

Hugh crut qu'il dirait «foutaise» mais au dernier moment, il avait choisi un terme moins expressif et plus approprié en la circonstance.

— Je ne sais pas pourquoi j'essaie de parler sérieusement avec toi, dit-il d'une voix méprisante. Tu n'as aucune idée de ce que sont les affaires au Canada.

Le silence se fit. Malgré son inquiétude, Hugh était fier de son fils. Charles avait parlé avec la force de ses convictions mais aussi avec aisance et honnêteté. Orville n'avait pu le faire taire. Charles avait réussi à le rendre furieux et Hugh savait très bien qu'Orville en colère pouvait devenir un homme dangereux. Orville avait essayé, à sa manière bien à lui, de réduire à néant ce jeune homme insignifiant mais trop bavard, en se servant du mépris. Quelle allait être la réaction de Charles? Qu'allait-il répondre? Allait-il répliquer avec des arguments qui mettraient Orville encore plus hors de lui?

Hugh était persuadé qu'Orville considérerait une telle attitude comme un défi insupportable. Il pouvait blesser Charles en dénigrant ses études universitaires. Il pouvait même se laisser aller à des écarts de langage qui ruineraient complètement la soirée. Il pouvait même partir sur-le-champ, emmenant avec lui sa femme. Et si le conseil de famille prenait fin dans une telle atmosphère, qu'adviendrait-il du consentement qu'il espérait obtenir ce soir? En colère Orville pouvait devenir suffisamment vindicatif pour obliger sa femme à refuser son consentement sous le prétexte que Hugh et ses enfants ne méritaient pas de recevoir de l'argent américain puisqu'ils détestaient les Américains!

Hugh savait qu'il ne pouvait et ne demanderait pas à son fils de se retirer, il lui fallait cependant mettre un terme à cette discussion. Il réalisa rapidement qu'il disposait encore d'un dernier atout pour raisonner son fils. En tant qu'instigateur officiel de ce conseil de famille, il s'était assis un peu à l'écart des autres. Orville, qui se trouvait derrière lui, regardait Charles avec animosité et ce dernier, de l'autre côté du cercle, faisait face à son père. Les autres membres de la famille avait baissé les yeux, embarrassés. Hugh réussit à rencontrer le regard de Charles. À cet instant, il était particulièrement heureux d'avoir eu l'occasion d'échanger avec son fils de nombreuses confidences car ils étaient ainsi capables de se comprendre mutuellement. Charles allait certainement répondre à l'appel muet et désespéré de son père.

Cet arrêt avait paru interminable mais n'avait en fait duré que quelques secondes. Charles, contracté pendant la discussion, commença à se détendre.

— Je ne voulais pas comparer ma faible connaissance des affaires du Canada avec ton expérience, oncle Orville. Je m'intéresse simplement à cette question et j'aime en parler. Je reconnais que les Américains ont investi beaucoup d'argent et de savoir-faire pour aider le Canada à se développer.

Tous relevèrent la tête, visiblement soulagés. Tante Emily eut un petit rire nerveux.

— Eh bien, Orville, fit-elle, tu n'as aucune raison de te disputer avec Charles. C'est un garçon intelligent, très doué dans son domaine.

— Comme toute la famille! intervint oncle Christopher.

Il y eut un bref silence. Orville se rendait compte que l'occasion lui était offerte de mettre un terme à cette dispute.

— C'est entendu, dit-il d'un ton bourru. On peut avoir des opinions différentes. C'est ainsi que nous réalisons des progrès.

Il était incapable d'en dire plus.

IV

Un sentiment intense de soulagement envahit le salon. Chacun comprenait qu'une grave dissension familiale venait d'être évitée au dernier moment et que le problème de la vente de Stuart & Kilgour était définitivement réglé. Tout le monde se mit soudain à parler. Hugh se sentait presque faible tellement il était soulagé. Il se leva et s'affaira autour de la table à liqueurs. Oncle Christopher vint le rejoindre et, lorsque Charles traversa la pièce pour lui offrir son aide, Hugh saisit le bras de son fils pour lui exprimer discrètement sa reconnaissance. Il entendit même oncle Christopher murmurer à l'oreille de Charles: «Bien parlé!» Pendant un moment, il se demanda s'il ne fallait pas porter un toast. Un toast en l'honneur de quoi? De la vente de Stuart & Kilgour? Il l'aurait, quant à lui, porté avec enthousiasme et conviction mais pouvait-il imaginer un seul instant qu'il en serait de même pour ses aînés, en particulier pour sa tante Cecilia? Toute la soirée, elle était restée silencieuse tout en suivant attentivement la discussion qui avait éclaté entre Charles et Orville.

Hugh remplit le verre de chacun, ainsi que son propre verre et se carra dans un fauteuil. Son rôle était terminé et il avait réussi. Tout ce qui pouvait maintenant arriver lui importait peu.

— Je m'en souviens très bien, entendit-il raconter tante Emily mais sans y prêter beaucoup d'attention. J'étais seule à la maison, je crois. Tout le monde devait être sorti et, moi-même, je m'apprêtais à le faire. Un beau jeune homme, pas toi, tu n'avais pas encore fait ton apparition, dit-elle en regardant Orville d'un air malicieux, devait venir me chercher. Soudain, papa arriva. Il s'assit juste en face de moi dans le grand fauteuil recouvert d'une housse fleurie. Il avait l'air épuisé et triste. Je me suis dit que je devais le réconforter. Je crois qu'il m'aimait beaucoup mais il avait plus confiance en toi, Cecilia. Je l'amusais. J'ai avancé ma chaise près de lui et je lui ai caressé la main en lui demandant ce qui le tourmentait. Il finit par me dire, d'une drôle de voix, comme s'il en était à la fois heureux et malheureux: «J'en ai enfin terminé avec cette sacrée National...» Oh, mon Dieu! j'ai oublié l'autre partie du nom... Je sais que c'était une compagnie ferroviaire. Est-ce que cela pourrait être la National Continental?

— La National Transcontinental, corrigea oncle Christopher.

— C'est bien cela. Je n'ai jamais revu ce nom par la suite et c'est probablement la raison pour laquelle je l'ai oublié. De toute façon, il m'a dit: «J'en ai enfin terminé avec cette sacrée National Transcontinental!» Je n'avais évidemment aucune idée de ce qu'il voulait dire mais j'ai quand même répondu: «Oh, comme j'en suis heureuse!» Il m'a souri en poussant un autre soupir. Il m'a dit quelque chose au sujet de l'impossibilité de deux générations de répéter le même succès. «J'en ai terminé avec les chemins de fer!» me répéta-t-il à plusieurs reprises. «Dieu merci, il y a toujours Stuart & Kilgour!»

«Je ne connaissais pas grand-chose de Stuart & Kilgour, pas plus que de la National Transcontinental. Papa continuait de hocher la tête et de regarder à terre. Je voulais tellement l'aider. Il paraissait tout heureux de posséder encore la distillerie. Je me suis alors souvenue de Richard. Vous voyez, mes chéris, dit-elle en s'adressant à Veronica et à Charles, Richard était notre aîné et il avait commencé à travailler à l'ancien siège social de la compagnie, rue Bay. Je l'entendais partir au bureau, tôt le matin, alors que je ne songeais même pas encore à me lever. Je savais que papa aimait beaucoup Richard mais il était peut-être tellement préoccupé par cette histoire de National Transcontinental qu'il l'oubliait en quelque sorte ou qu'il se reposait entièrement sur lui. De toute manière, je crois que ce fut une bonne idée de ma part de lui rappeler Richard. Je lui ai dit: «Souviens-toi, papa, tu as encore Richard pour t'aider à la diriger!»

«Eh bien, vous savez, ma petite remarque a eu plus d'effet que je ne m'y attendais. Papa me regarda droit dans les yeux et me répondit en souriant: «Oui, j'ai Richard, Dieu merci, et je te suis très reconnaissante de me l'avoir rappelé. Tu es une jolie fille et tu vas probablement te marier bientôt. Certes, tu n'iras peut-être pas à l'université mais tu fais preuve de bon sens!» Ce fut pour moi un moment merveilleux. Je crois que papa et moi étions plus proches en cet instant l'un de l'autre que nous ne l'avions jamais été. À l'époque, ce fut un moment merveilleux et, quelque temps plus tard, j'ai aussi commencé à me rendre compte que cela avait provoqué un changement dans sa vie. Il se rendait à son bureau plus souvent qu'autrefois et je suis certaine qu'il a donné alors à Richard plus d'autorité et de responsabilité qu'auparavant. Richard me l'a dit. Lui et moi étions très proches l'un de l'autre quand nous étions enfants, comme l'étaient Cecilia et Christopher, et il se confiait souvent à moi. Quelque temps après, il me dit qu'il avait pris en main presque toute la responsabilité de la compagnie.

«Je ne sais vraiment pas pourquoi je vous raconte tout ça, continua Emily d'une voix chargée d'émotion, mais j'aimais tellement Richard. Et j'avais peur pour lui car, à cette époque, ce n'était absolument pas le moment de prendre la direction d'une distillerie de whisky! Tous les prédicateurs méthodistes et baptistes de la ville jetaient l'anathème sur l'alcool. La jeune génération comme Veronica et Charles n'a pas la moindre idée de l'atmosphère qui régnait alors. Nous, les Stuart, nous nous sommes sentis parfois embarrassés et même humiliés parce que papa et Richard fabriquaient du whisky. C'était très désagréable mais nous nous désintéressions de tous ces bavardages. Le véritable danger venait plutôt des prohibitionnistes qui auraient pu intervenir avec assez de force auprès du gouvernement pour que celui-ci légifère encore plus sévèrement en faveur de la prohibition. Richard n'en parlait pas beaucoup, même à sa famille, mais je savais qu'il était très soucieux car il me l'avait dit.»

Tante Emily était une intarissable conteuse; elle avait coutume de raconter des histoires à n'en plus finir, sans esprit de suite et dans lesquelles elle avait toujours un rôle à jouer. Ses amis et les membres de sa famille supportaient ce petit travers parce qu'elle agissait avec beaucoup de naturel. Et de plus les détails de ses récits sans conséquence étaient parfois intéressants et souvent même amusants. Elle avait toujours un bon public mais, ce soir, il était particulièrement attentif. Hugh se détendait en l'écoutant. Ce genre d'histoire était bien le meilleur moyen de terminer en beauté cette soirée. S'il était impossible de porter un toast à la vente de Stuart & Kilgour et à sa future liberté, on pouvait du moins se souvenir ensemble du passé.

— Quand je suis revenu de la guerre, Richard se faisait encore beaucoup de souci, raconta oncle Christopher d'un air pensif, et pour des raisons encore plus graves. La prohibition n'était pas une vaine menace. Elle avait force de loi dans tout le Canada et aux États-Unis. Tant que dura la guerre, la situation n'était pas catastrophique. Le gouvernement avait besoin d'alcools industriels à des fins militaires et, pendant quatre ans, Stuart & Kilgour vécut grâce aux commandes de guerre. Cependant, cette période était révolue lorsque je suis rentré au Canada. Les commandes de guerre avaient cessé mais les lois sur la prohibition ne furent pas abrogées et, en 1919, les États-Unis adoptèrent le 18ème Amendement. Ce n'était vraiment pas le moment de fabriquer et de vendre du whisky. Je ne savais quoi faire. Papa ne s'était pas beaucoup occupé de moi. Il se fiait à Richard mais je crois qu'il avait tout simplement pensé que je travaillerais avec mon frère dans la compagnie.

«J'ai commencé alors à me poser des questions, à penser surtout à moi, bien sûr, et je n'essaierai pas de le cacher, mais aussi à Richard. Je ne voyais pas comment les Stuart pourraient vivre avec une entreprise menacée et probablement en déclin. De toute façon, le Droit m'attirait beaucoup et, lorsque j'ai décidé de m'inscrire à Osggode Hall, j'ai pensé que je devais voir Richard pour lui en parler. Il m'a paru satisfait mais seulement après qu'il eut acquis la conviction que je préférais faire du Droit. Pourtant, j'ai eu l'impression qu'il regrettait que je ne me joigne pas à lui. Puis il me demanda d'une drôle de voix, je crois, si j'aimerais faire une petite visite à la vieille distillerie, vous savez, celle qui se trouvait derrière la rue Front. Je ne savais pas où il voulait en venir mais, comme je n'étais pas entré dans ce vieux bâtiment depuis une éternité, j'ai répondu: Oui, bien sûr, j'aimerais y aller ... Eh bien, nous sommes montés dans sa voiture et il m'y a conduit. Tous les souvenirs que j'en avais me sont revenus à la mémoire à l'instant même où nous en avons franchi la porte. Rien ne semblait avoir changé. Il y avait toujours des gens affairés auprès des tonneaux alignés, comme autrefois, le long de grands couloirs. Je ne comprenais toujours pas ce qui se passait.

— «On dirait qu'il y a beaucoup de whisky là-bas, lui dis-je à notre retour à son bureau. En vends-tu beaucoup?»

— «Oh, non, à peine... me répondit-il avec son drôle de sourire. Ce sont plutôt les gens qui viennent ici pour en acheter...»

— «Qui donc?» lui demandai-je avec l'innocence d'un homme qui venait de passer huit ans de sa vie en Angleterre et en Europe.

Il sourit encore plus.

— «Je ne sais pas s'il existe dans le dictionnaire un mot approprié, dit-il, mais en Amérique du Nord on les appelle des *bootleggers*. Ils viennent, prennent la marchandise et l'emportent. Ce qui se passe par la suite, je n'en sais rien et je ne veux pas le savoir. Je présume qu'ils revendent le whisky dans tout le Canada et je les soupçonne d'en envoyer aux États-Unis sur des bateaux à moteur rapides qui traversent le lac Ontario.»

— «Formidable!» me suis-je alors exclamé.

— «Es-tu bien décidé à faire du Droit? me demanda-t-il. Il y a de la place pour deux ici, tu sais!»

«Richard a toujours eu le coeur sur la main. Il était comme ça. Mais j'ai répondu: «Non, je veux faire mon Droit.» Ensuite, nous avons bu un Stuart Regal additionné de cette merveilleuse eau de source qui venait de la ferme.»

Hugh rit de bon coeur avec les autres. La soirée se poursuivait bien mieux qu'il n'avait osé l'espérer. Il eut envie de la conclure d'une façon appropriée. Tante Emily et oncle Christopher avaient parlé de la ténacité et du courage de Richard mais personne n'était mieux placé que lui pour rappeler le dernier triomphe de son père.

— Je ne me souviens pas, évidemment, de tous les détails de cette histoire, commença-t-il, mais je peux vous raconter l'heureux épilogue. Je n'avais que 13 ans lorsque l'Ontario prit en main la vente légale des vins et alcools et je me rappelle vaguement le retour de mon père à la maison, annonçant d'une voix triomphante la grande nouvelle à tante Cecilia et à moi. En revanche, je me souviens beaucoup mieux de la fin de la prohibition aux États-Unis. J'étais en deuxième année au Trinity College, je crois, et je me rappelle que père et moi nous avions l'habitude de suivre, jour après jour, le déroulement du vote, État par État. Le jour même où il fut certain que le 18ème Amendement serait abrogé, nous avons fêté l'événement avec du Stuart Regal. J'ai bien peur d'en avoir alors trop bu... avoua-t-il en riant.

Il s'arrêta soudain de rire. Tante Cecilia venait de se lever lentement et se tenait maintenant debout, en tremblant légèrement. Elle était pâle comme une morte, son regard exprimait la détresse et la colère.

— Comment osez-vous ainsi parler des luttes et des succès de ce pauvre Richard alors que vous vous préparez tous à vendre à un Américain l'entreprise qu'il a créée? C'est au-dessus de ma compréhension. Vous faites des éloges mais vous êtes prêts à le trahir. Eh bien, vous le ferez tout seul. Je ne veux pas être mêlée à cette trahison!

Avec une expression hagarde, elle se dirigea en chancelant vers la porte. Hugh se précipita pour l'aider mais elle le repoussa. C'est Veronica qui l'accompagna hors du salon. Hugh se rendit dans la salle à manger, secoua la clochette et demanda à la domestique de faire venir Bob Jardine pour qu'il amène la voiture devant la porte d'entrée.

Lorsqu'il revint au salon, il trouva tout le monde, assis et silencieux, tous paraissaient profondément affligés.

Chapitre 5

La soirée se termina rapidement, dans une gêne totale, chacun se contentant d'exprimer rapidement ses
regrets et sa compassion. On crut un instant qu'Orville
Patterson, qui ne connaissait guère la valeur du
silence, allait faire une remarque désobligeante mais il
parvint à ravaler sa colère. Même tante Emily, qui
aimait remplir les vides de la conversation, restait
étrangement silencieuse. En peu de temps, tous les
invités étaient partis en s'excusant d'un air embarrassé. Veronica avait suivi tante Cecilia et Charles, qui
avait décidé de passer la nuit à la maison, monta silen-
cieusement dans sa chambre. Hugh et Elizabeth se
retrouvèrent seuls dans le hall désert. Ils éprouvaient
un sentiment de défaite et de frustration.

Elizabeth s'approcha de lui et ouvrit ses bras pour le serrer contre elle. Ils s'étreignirent pendant un long moment. Il sentit des larmes couler sur les joues de sa femme.

— Hugh, je suis navrée, c'est épouvantable!

— C'est vraiment terrible, convint-il.

Ils se tenaient l'un contre l'autre dans une longue étreinte. Il l'embrassa tendrement et elle répondit à son baiser avec encore plus de chaleur que d'habitude.

— Qu'allons-nous faire? demanda-t-elle dans un murmure.

— Je n'en sais vraiment rien. De toute façon, nous ne pouvons rien faire ce soir et nous ferions mieux d'aller nous coucher. Nous en reparlerons demain matin.

Hugh s'attendait certes à passer une nuit agitée mais le sommeil se fit attendre encore plus qu'il n'avait craint. Pendant des heures, il resta éveillé, revivant chaque instant de cette soirée, et songeant, avec une douleur plus intense, à ses conséquences funestes.

Il descendit prendre son petit déjeuner plus tard que d'habitude et Elizabeth lui avoua qu'elle ne l'avait précédé que de quelques minutes. Elle se sentait un peu moins dépressive et Hugh lui-même était de meilleure humeur. Son sentiment d'impuissance avait presque disparu. Il était moins démoralisé. Bien sur, il se trouvait toujours dans la même situation intolérable et il ne savait toujours pas ce qui avait provoqué l'explosion de colère de sa tante la veille. Elle avait donné deux réponses absolument contradictoires à la question posée par Hugh. Laquelle était la bonne? Sa première réponse, affirmative, était-elle irrévocablement annulée par son refus ultérieur? La nuit blanche qu'il venait de passer ne lui avait pas permis de résoudre ce pénible dilemme, mais cela ne signifiait pas qu'il n'y avait pas de solution. Il y avait peut-être d'autres interprétations aux événements de la veille qui lui échappaient. Oui, il y avait peut-être d'autres explications. Il voulut bientôt examiner toutes les possibilités.

Elizabeth lui versa une seconde tasse de café. Elle était, et il le savait bien, plus optimiste, bien que plus réaliste que lui. Veronica l'avait très bien dit un jour: «Mère voit toujours le bon côté des choses. Elle est persuadée qu'on peut toujours faire quelque chose.»

— Hugh, lui dit Elizabeth d'un air grave, tu m'as dit que nous parlerions de cette affaire ce matin. Pourquoi ne pas commencer tout de suite? Je te connais suffisamment pour savoir que tu ne vas pas en rester là. Il faut faire quelque chose pour que ta tante revienne sur cette décision. Qu'envisages-tu de faire?

— Je ne sais pas. Je voudrais bien avoir une idée. J'ai passé la moitié de la nuit à essayer de trouver une solution. Je n'en ai pas trouvé. Que ferais-tu, toi?

Elizabeth regarda son mari d'un air grave.

— Je suis à peu près certaine que tu n'aimeras pas mon idée. Ce n'est pas dans ton caractère. Si j'étais à ta place, je ne renoncerais pas à ce projet et je vendrais.

— Sans tenir compte du refus véhément de tante Cecilia?

— Non, je ne l'oublierai pas. Je m'en souviendrai toute ma vie. Tous ces rappels du passé ont exacerbé sa douleur. C'était une réaction très émotive mais qui n'a rien à voir avec la question posée. Elle avait donné son avis au début de la réunion. Tu lui as demandé sans détours si elle consentait à la vente et elle a répondu d'une voix ferme et très officielle qu'elle y consentait.

— Oui, je m'en souviens. Elle a même ajouté que l'entreprise avait vraiment été fondée par mon père et par moi et que je devrais pouvoir disposer comme je l'entendais de mon héritage.

Elizabeth eut un sourire désarmant.

— Alors, demanda-t-elle, pourquoi ne le fais-tu pas?

Hugh éclata de rire. L'innocence d'Elizabeth l'avait toujours étonné et impressionné. Mais elle ne l'avait pas convaincu.

— Pourquoi je ne le fais pas? Parce que je ne suis pas aussi pratique et raisonnable que toi. Après tout, elle est ma tante, non la tienne. Je la connais depuis mon enfance. Je l'aime beaucoup et je ne pense pas que son refus remette définitivement en cause son consentement précédent.

Elizabeth le regarda avec gravité, semblant prête à pleurer.

— Veux-tu dire que tu vas arrêter la transaction?

— Non, pas du tout. Mais je dois la reconsidérer. J'espérais que la réunion d'hier soir serait décisive. Elle ne l'a pas été. Je dois savoir ce qu'il en est exactement des deux déclarations contradictoires de tante Cecilia. Je n'ose l'approcher moi-même, pas encore du moins. Je vais demander aux autres ce qu'ils en pensent.

— À moi aussi? s'enquit Elizabeth.

— Surtout toi.

— Je t'ai déjà donné mon opinion mais je suis prête à la répéter. Ta tante Cecilia a donné officiellement son accord à la vente. S'il n'y avait pas eu le récit sentimental et amusant de tante Emily, elle aurait maintenu son consentement. Je considère sa première déclaration comme définitive.

Elle s'arrêta un instant et poursuivit avec chaleur:

«Oh, Hugh, je t'aime tellement. Je sais que ce genre de travail t'épuise. Je voudrais tellement que tu puisses t'en libérer...»

Hugh la prit dans ses bras et sentit toute l'ardeur de son baiser. Ils s'assirent en silence l'un en face de l'autre.

— Bon, dit-il enfin. Tu m'as donné ton opinion et elle compte plus pour moi que toutes les autres. Mais je crois néanmoins que je dois consulter la famille. Après tout, c'est moi qui ai voulu que ce soit une décision collective. C'est pourquoi je me sens obligé de recueillir plusieurs avis. Je vais commencer en téléphonant à oncle Christopher. Il comprendra certainement la situation.

— Il est aussi très proche de tante Cecilia et il l'a toujours été, lui rappela-t-elle.

— C'est un risque à prendre.

Il se rendit dans la bibliothèque où se trouvait un autre téléphone. Il était près de 10 heures du matin mais son oncle Christopher ne se rendait jamais de bonne heure à son étude, parfois il n'y allait pas du tout. La sonnerie du téléphone retentit quatre fois avant qu'une domestique ne vienne répondre. Il dut attendre encore un certain temps avant d'entendre la voix de son oncle.

— C'est Hugh à l'appareil...

— Mon cher enfant, je suis content que tu m'aies appelé. Je m'apprêtais à le faire. J'ai beaucoup pensé à toi. Comment vas-tu?

— Pas très bien, malheureusement, après ce qui s'est passé hier soir.

— Un désastre, convint son oncle d'une voix solennelle.

— Je suis bouleversé et stupéfait. Je ne sais vraiment pas ce qu'il faut penser ou faire. J'ai bien cru un instant que j'avais le consentement de toute la famille et, à peine 10 minutes plus tard, tante Cecilia a tout remis en question.

— Je sais, dit son oncle, je l'ai entendue mais il y a toute raison de croire qu'il s'agissait d'une crise d'hystérie féminine.

— Mais que vais-je faire? fit-il d'une voix angoissée. Dois-je mettre son refus sur le compte de l'hystérie, le chasser de mon esprit et procéder à la vente? Ou bien le prendre au sérieux et suspendre ou même arrêter les pourparlers?

Il y eut un long silence.

— Tu veux vraiment mon opinion? demanda l'oncle Christopher.

— J'en ai besoin...

— Eh bien... Ce n'est pas facile à dire. Je ne crois pas que tu puisses poursuivre dans cette direction tant qu'elle n'aura pas changé d'avis et réitéré son consentement.

— Et si elle ne le fait pas?

— Alors, même si cette idée me déplaît, je ne crois pas que tu puisses vendre. Te souviens-tu qu'à la réunion, hier soir, tu as toi-même affirmé que la vente n'aurait pas lieu sans un consentement unanime... Je pensais d'ailleurs que tu t'engageais dangereusement. Tu te souviens certainement aussi que je te l'ai déjà dit lors de notre rencontre au Brock Club, l'autre jour. Mais tu as insisté et maintenant tu ne sais comment t'en dépêtrer!

— Tu considères donc que la situation est sans issue et que je dois abandonner tout espoir de réaliser cette vente?

— Non, ce n'est pas ce que j'ai voulu dire. Ce que tu dois faire, c'est convaincre tante Cecilia de consentir à nouveau à cette vente. Sa première déclaration équivalait à un consentement délibéré et réfléchi. La seconde a été un refus de caractère émotif. Il ne fait aucun doute que c'est une femme très sensible mais elle a beaucoup de bon sens. C'est à ce bon sens que tu dois faire appel.

— Mais comment?

— J'aimerais bien le savoir. Ce sera long. Tu dois lui laisser le temps de réfléchir à ce qui s'est passé hier soir, de regretter ses paroles et même peut-être d'en avoir honte. Il faudra du temps pour la faire changer d'avis.

— Le problème est que je ne dispose pas de beaucoup de temps. Pettigrew revient lundi prochain. Il m'a donné deux semaines pour considérer son offre.

Je dois lui donner une réponse définitive.

— Tu veux dire que nous n'avons que quatre jours pour la convaincre de changer d'avis?

— Exactement, nous devons faire vite. Dois-je faire le premier pas? demanda Hugh.

Il y eut à nouveau un silence.

— Franchement, je ne le pense pas, répondit lentement oncle Christopher. C'est à quelqu'un d'autre de faire le premier pas. Étant de toute la famille le plus proche de Cecilia, c'est donc à moi qu'il revient de le faire.

Il s'arrêta soudain, semblant réfléchir.

— Eh bien? s'enquit Hugh avec impatience.

— Je viens d'avoir une meilleure idée! Pourquoi ne pas demander à ta fille Veronica? Cecilia et elle ne sont-elles pas très proches l'une de l'autre depuis quelque temps? Il lui serait facile de sonder Cecilia.

— C'est une très bonne idée, répondit Hugh avec empressement.

Après avoir raccroché le récepteur, Hugh resta assis un moment, considérant le problème. Veronica et sa grand-tante Cecilia étaient en excellents termes et éprouvaient beaucoup d'affection l'une pour l'autre. C'est Veronica qui l'avait aidée lors de son départ précipité la veille et qui l'avait accompagnée à Admiral Road. Elle n'était pas encore revenue à la maison et Hugh ne savait pas où la trouver. Peut-être serait-il préférable de ne pas tenter de le faire? Parfois, Veronica se comportait comme si ses relations avec sa grand-tante étaient d'un caractère tellement privé que toute autre personne en était exclue. Non, il n'avait pas à faire le premier pas, d'ailleurs, elle allait très certainement le faire d'elle-même. Veronica, comme elle l'avait franchement avoué lors de la conversation qu'ils avaient eue ensemble, souhaitait cette vente car elle avait besoin de la part qui lui reviendrait. Hugh était persuadé qu'elle essaierait de le voir et se demanda même pourquoi elle ne lui avait pas encore téléphoné ce matin.

À cet instant précis, le téléphone sonna. Hugh était presque certain que c'était Veronica. Sa déception fut grande.

— Hugh, lui dit tante Emily, avec des larmes dans la voix, je suis vraiment désolée de ce qui s'est passé hier soir. C'est de ma faute, je parle toujours trop. Je raconte tout le temps des histoires qui n'en finissent pas. Tout le monde semble les aimer mais je ne sais jamais m'arrêter. Orville était furieux contre moi. Il a dit que j'étais la seule responsable du changement d'attitude de Cecilia. Est-ce que tu le crois aussi, Hugh?

—Non, bien sûr. Tu n'es pas la seule à avoir parlé du passé. D'autres l'ont fait et moi aussi. Nous sommes tous responsables.

— Je suis si contente que tu penses ainsi. Je vais le dire à Orville. Il veut te parler, ne quitte pas...

Un instant plus tard, Orville était à l'appareil. Il avait certainement attendu avec impatience que sa femme ait fini de parler.

— Une catastrophe hier soir, lança-t-il sans préambule.

— Tu peux le dire.

— J'espère que tu ne vas pas prêter attention à la crise d'hystérie de ta vieille tante.

— J'ai bien peur de ne pouvoir faire autrement.

— Tu es fou... ta tante commence à radoter. Elle est devenue cinglée à force de rabâcher l'histoire des Stuart. Tu ne vas pas renoncer à cette vente que tu souhaites tant, parce qu'une vieille femme commence à perdre la tête...

— J'arrêterai la vente si elle ne change pas d'avis. J'ai dit à tout le monde qu'elle ne s'effectuera pas sans un consentement unanime.

— Tu as été fou de faire cette promesse. Je t'avais

prévenu...

— Je m'en souviens mais je dois m'y résigner à moins de la faire changer d'idée.

— Comment?

— Je n'en sais rien encore. Mais je vois deux possibilités. Je t'en reparlerai le plus tôt possible.

Orville grommela d'un ton désapprobateur. Il aimait toujours être informé du déroulement d'une affaire.

— Oncle Orville, poursuivit rapidement Hugh, Pettigrew et ses associés arrivent à Toronto lundi. J'aimerais beaucoup que tu les rencontres. Peux-tu disposer d'un peu de temps? Je te préviendrai de l'heure du rendez-vous.

— Cela me fera plaisir, répondit Orville d'un ton plus conciliant et plus chaleureux.

Après avoir raccroché, Hugh aperçut Elizabeth debout près de lui. Elle avait les yeux brillants et souriait.

— Hugh, comme je suis heureuse! Tu as l'air d'avoir plus confiance en toi.

— C'est toi qui m'as redonné confiance. Hier soir, j'avais l'impression d'être un homme fini quand la réunion s'est terminée. Je me sens mieux. Je ne vais pas renoncer à cette affaire!

— Que vas-tu faire?

— Je vais d'abord demander l'aide de Veronica.

— Veronica? Mais c'est vrai, elles sont si intimes!

— Elles le sont tellement que Veronica arrivera certainement à faire changer d'idée à sa grand-tante. Si elle échoue, j'interviendrai alors moi-même. Après tout, c'est moi le neveu préféré de tante Cecilia!

II

Hugh arriva en retard au bureau. Comme d'habitude, il échangea un bonjour poli avec Mlle Rankin qui, avant qu'il ait eu le temps d'ouvrir sa porte, lui dit:

— Oh, M. Stuart! Mlle Veronica a téléphoné de bonne heure ce matin. Elle a dit qu'elle voulait vous parler. Cela semblait urgent.

— Est-ce que j'ai des rendez-vous ce matin?

— Oui, avec M. Cawthra. Il va arriver d'une minute à l'autre. Je crois qu'il veut vous parler des nouveaux postulants au Brock Club.

— Cela ne me prendra pas beaucoup de temps, du moins je l'espère. Dites à Mlle Veronica que je l'attends vers 11 heures. Elle a laissé son numéro?

— Oui. Je la rappelle tout de suite.

Lorsque Hugh reconduisit le vieux Derek Cawthra jusqu'au hall d'entrée, il aperçut Veronica assise dans un coin. Lorsqu'il pénétra dans son bureau, elle était déjà installée dans le grand fauteuil en face de lui. Elle s'avança posant son coude sur le bureau.

— Père, dit-elle d'une voix grave, pour l'amour du Ciel, tu ne vas pas prendre au sérieux l'échec d'hier soir?

— Et comment dois-je le prendre? Tante Cecilia a

fait un tel éclat, c'était si humiliant...

— Je le sais. Nous avons tous été bouleversés. Nous ne savions où regarder.

— Et le pire, poursuivit-il avec un froid réalisme, c'est que sa décision semblait irrévocable.

— Oui, c'est l'impression qu'elle donnait, convint Veronica, mais je ne crois pas que ce soit définitif.

— Veux-tu dire que tante Cecilia peut revenir sur ce qu'elle a dit hier soir?

— Non. Tante Cecilia est trop orgueilleuse et bien trop attachée à la famille pour renier sa loyauté envers elle. Mais il n'est pas impossible qu'elle change d'avis. À vrai dire, on pourrait l'amener à confirmer le consentement qu'elle t'a donné hier soir.

— Tu crois que c'est possible?

— Oui, il y a une possibilité, dit-elle en souriant d'un air triste. C'est pour cela que je suis venue te voir ce matin.

Hugh décida que le moment était venu pour lui de mettre cartes sur table.

— Je suis très content que tu sois venue ici ce matin, Veronica. Ta mère et moi, nous nous sommes inquiétés. Nous ne savions pas si vous étiez bien arrivées à Admiral Road ni ce qui s'est passé ensuite. Tu ne nous as pas téléphoné hier soir, ni ce matin. Nous avons eu des nouvelles de tout le monde, oncle Christopher, tante Emily et même Orville, mais pas un mot de toi! Je ne te fais pas de reproches. Mais, à partir de maintenant, le temps devient précieux. Il faut que tante Cecilia change d'avis avant l'arrivée de Pettigrew et Pettigrew revient lundi.

— Je ne savais pas qu'il revenait si tôt mais nous avons encore du temps. Je ne pouvais rien faire hier soir. Tante Cecilia s'est assise dans la voiture, raide comme un piquet, les joues rouges de colère et les lèvres serrées, sans dire un mot. Jardine et moi l'avons aidée à sortir car elle semblait plus fragile que jamais.

Je lui ai apporté une tasse de thé après l'avoir installée dans le salon. Quand je suis arrivée avec le thé, elle avait les yeux humides et le visage triste. Je voulais vous téléphoner mais je n'ai pas osé le faire. J'ai décidé d'y passer la nuit. Je n'ai pas très bien dormi et je crois l'avoir entendue pleurer. Je me suis avancée sur la pointe des pieds dans le couloir mais je n'ai plus rien entendu.

—Ce matin, au petit déjeuner, elle paraissait mieux mais elle n'a pas dit un seul mot au sujet de la réunion d'hier soir. Je n'ai fait bien sûr aucune allusion. Elle semblait songeuse comme si elle pensait à tout autre chose. Soudain, elle demanda sans raison apparente quel jour de la semaine nous étions. Je lui ai répondu: «Jeudi!»

— Jeudi! s'est-elle alors exclamée, les yeux soudain vifs et joyeux. Mais c'est aujourd'hui qu'il doit venir!

— Qui doit venir? lui demandai-je.

— Mais le conservateur des archives nationales, voyons, M. Howard! Il vient voir ma collection des documents de la famille Stuart. Nous sommes en relation depuis déjà quelques semaines et je crois qu'il aimerait transférer ma collection aux Archives nationales à Ottawa. Je l'ai invité à venir l'examiner et déjeuner avec moi. Comment ai-je pu oublier ce rendez-vous? C'est probablement à cause de cette terrible histoire de la vente de Stuart & Kilgour. J'y ai tellement pensé que j'en ai oublié le reste. Que dois-je faire?

«Elle me regarda, l'émotion colorait ses joues. Ne fais rien, lui dis-je du ton le plus rassurant possible, si ce n'est mettre ta belle robe bleu marine qui a un col et des manchettes de dentelle. Je vais me rendre à la cuisine pour composer le menu avec Agnes, tandis que Jardine se tiendra prêt à sortir la voiture pour aller faire les achats nécessaires y compris des asperges fraîches.»

«Je suis partie presque aussitôt. Je n'ai pas osé t'appeler de chez elle et je n'ai pu le faire avant d'arriver à St. Hilda. Mais, à ce moment-là, j'étais à peu près certaine que tu serais à ton bureau ou bien que tu ne tarderais pas. J'ai donc téléphoné ici.»

Véronica s'arrêta comme si elle attendait une réponse ou un commentaire de son père. Hugh ne savait que dire ni que penser. À première vue, la situation semblait inchangée. Mis à part quelques signes de faiblesse dus à son âge, ce qui était normal après un départ aussi précipité, tante Cécilia n'avait pas montré un seul instant qu'elle avait changé d'avis, ni exprimé aucun regret. Elle n'avait pas même essayé de s'excuser ou de se justifier. Mais le plus étrange était qu'elle semblait avoir oublié jusqu'à l'incident même et ne se préoccupait plus que d'une seule chose, tout à fait différente: la visite du conservateur des Archives nationales. Hugh avait déjà entendu parler de cet homme et de la correspondance que tante Cécilia entretenait avec lui mais il n'était pas du tout au courant du transfert éventuel des documents à Ottawa, dans un avenir proche, ni de la visite du conservateur ce jour même.

— Quelle malchance, cette visite de Howard à un moment aussi crucial! fit-il.

— Pourquoi? demanda Veronica d'un ton froid.

— Parce que ce n'est pas le moment, voilà tout. Cette visite va l'empêcher de penser à la vente.

— Qu'y a-t-il de mal là-dedans? Cela calmera sa mauvaise humeur et la remplira de fierté. Pour elle, la vente de Stuart & Kilgour est une défaite. Mais la conservation des documents de la famille Stuart aux Archives nationales, c'est une victoire!

Hugh regarda sa fille avec un respect accru. Elle comprenait vite les conséquences qui pouvaient découler d'une situation et les possibilités qu'elle offrait; elle manifestait une grande confiance en elle-même. Elle était également capable de mettre au point un plan ou un stratagème en peu de temps. On aurait cru parfois qu'elle n'était pas de la famille tant ses réactions étaient étranges. Une ou deux fois, Hugh s'était demandé comment Elizabeth et lui pouvaient avoir une fille si différente d'eux. Certes, on prétendait que certaines caractéristiques familiales disparaissent pendant plusieurs générations avant de resurgir, sans raison apparente, plus vivaces que jamais. Hugh ne savait que penser mais il était persuadé que ce n'était pas le cas des Stuart. Il se souvint qu'il était resté assis dans la bibliothèque, il y avait moins d'une quinzaine de jours, pour contempler les portraits de famille. Il n'avait rien découvert dans les traits de Letitia Cathcart ou d'Arabella Stuart, qui puisse expliquer l'esprit si rationnel et le caractère si impétueux de Veronica.

— Veronica! s'écria-t-il avec enthousiasme, voilà une excellente idée... Mais comment faire? Attendrons-nous que tante Cecilia y pense elle-même ou bien essayerons nous de le lui suggérer? Devons-nous lui dire de but en blanc que l'immortalité des Stuart à Ottawa vaut bien la vente de Stuart & Kilgour à Toronto?

— Non, nous ne devons au début rien lui suggérer. Cela doit venir d'elle-même. La meilleure chose que nous puissions faire, du moins pour aujourd'hui, c'est de ne plus penser à cette vente et de ne plus faire mention de la scène d'hier soir. Laissons-la passer la journée avec ce Monsieur Howard, ses attentions intéressées et les éloges flatteurs qu'il ne manquera pas de lui faire sur la valeur historique de sa collection. Laissons-la se réjouir à la pensée de l'attention que les spécialistes des Archives nationales porteront à ces documents et rêver de l'intérêt qu'ils ne manqueront pas de susciter auprès des futures générations d'historiens canadiens.

Hugh sourit d'un air amusé: «Et nous n'interviendrons pas de toute la journée?»

— Pas avant ce soir, de toute façon. Elle invitera certainement M. Howard à prendre le thé avec elle, mais j'ai l'intention de lui rendre une visite rapide au début de la soirée pour me rendre compte de l'effet qu'aura eu cette visite sur elle. Je te téléphonerai après le dîner pour te faire part de mes impressions.

— Et demain?

— Demain, tu devrais lui téléphoner de bonne heure pour lui dire que tu as entendu parler de la visite de M. Howard. Tu ne manqueras pas de souligner l'honneur que ce sera pour notre famille que ces documents soient conservés à Ottawa. Tu déclareras enfin que la collection est un mémorial à la gloire des Stuart.

— J'aimerais bien avoir ton esprit de persuasion.

Veronica éclata de rire.

— Tu es suffisamment persuasif toi-même. N'hésite pas. Tante Cecilia idolâtre la famille, elle adorait ton père. Elle a réagi violemment hier soir parce qu'elle a cru que nous trahissions son oeuvre. Prouve-lui que c'est notre désir à tous d'élever un monument à la gloire des Stuart. Flatte-la, sans hésiter . . .

Hugh sourit d'un air absent. Les traits de son visage se durcirent.

— C'est une possibilité, dit-il d'un air songeur. Si la visite de Howard a changé son état d'esprit, cela marchera.

Il resta silencieux un bon moment puis, soudain, se leva.

— J'aime cette vieille femme, dit-il d'une voix forte, mais elle doit retirer les paroles qu'elle a prononcées hier soir. Elle est au soir de sa vie et, moi, j'en ai encore le tiers à vivre. Je veux vivre le reste de mes jours comme je l'entends et elle ne m'en empêchera pas.

Il se rassit tout aussi soudainement, d'un air gauche, comme s'il était honteux de sa véhémence. Il était également conscient que sa fille le regardait avec des yeux stupéfaits.

— Père! s'exclama-t-elle. Je ne savais pas que c'était si important pour toi mais je suis très contente que cela nous unisse. Tu revendiques le droit de faire ce qui te plaît jusqu'à la fin de tes jours...

— Et toi, l'interrompit Hugh, celui de faire carrière dans le théâtre!

— Et pour ces deux raisons, continua-t-elle précipitamment, nous avons besoin de l'argent que nous rapportera la vente de Stuart & Kilgour.

— Comment pouvons-nous être certains de réussir? demanda-t-il. Je conviens que ton plan peut se réaliser. De toute façon, je sais exactement ce que j'ai à faire. Demain matin, j'irai chez tante Cecilia pour avoir de plus amples détails sur la visite de Howard, pour admirer les archives de la famille et pour la féliciter de leur transfert dans un superbe immeuble d'Ottawa, ce qui constituera un mémorial à la gloire des Stuart en général et à celle de son frère Richard en particulier.

Il fit une pause.

— Mais ensuite? demanda-t-il?

— Et après, répondit Veronica d'un air confiant, je m'attends à ce que tante Cecilia — que j'aime bien aussi — s'excuse, peut-être avec des trémolos dans la voix, de ce qu'elle a dit hier soir et à ce qu'elle consente sans aucune restriction à la vente.

— Et si elle ne donne pas son consentement?

— Je passerais outre si j'étais à ta place. Tu dois réaliser cette vente. C'est ce que tu souhaites le plus.

— Non, fit Hugh avec force. Je ne peux pas et je ne passerai pas outre... mais je ne crois pas qu'elle refuse maintenant. Tante Cecilia m'aime trop pour élever une barrière définitive devant quelque chose dont j'ai vraiment envie. Non, j'ai le sentiment qu'elle cédera.

— Et j'aurai mon argent, dit Veronica avec une grimace espiègle.

— Certainement, tu l'auras! Et tu en mérites chaque sou. Ce matin, après avoir passé une nuit blanche, je me suis réveillé avec la ferme intention de faire changer d'avis tante Cecilia, mais sans savoir comment y parvenir. Le fait que tu connaisses ses plans concernant ces documents de famille et la visite de M. Howard nous a permis de progresser. Tu as même pensé à la façon d'en tirer avantage.

— Et si nous réussissons, demanda-t-elle brutalement, combien recevrai-je?

L'espace d'un instant, Hugh fut décontenancé puis il se mit à rire.

— Eh bien, enchaîna-t-il, c'est moi qui en recevrai la plus grosse part. Ensuite vient tante Cecilia. De leur côté tante Emily et oncle Christopher ne détiennent qu'une part minime. Au début, je pensais te donner un million mais, si nous gagnons, tu en auras deux.

III

Vendredi fut une journée si belle que le plus maussade des Torontois ne pouvait qu'aimer la ville qu'il habitait. De manière générale, le printemps, dans le sud de l'Ontario, était capricieux, triste et maussade. Mais ce premier vendredi d'avril semblait vouloir racheter toutes les erreurs passées du climat saisonnier. Le soleil était brillant et chaud, et le ciel bleu et profond, avec quelques nuages diaphanes qui flottaient paresseusement sous l'effet d'une brise légère presque aussi douce qu'une caresse.

Hugh se sentait joyeux. Quant à Elizabeth, qui était encore plus sensible aux variations de la température, elle était aux anges. Hugh lui avait parlé de la visite de M. Howard, du transfert possible des archives des Stuart et de son espoir que ce mémorial des Stuart fasse revenir tante Cecilia sur son refus. Il lui avait raconté en détail la longue conversation qu'il avait eue avec Veronica, tandis qu'ils buvaient leur café, mais avait pris soin de ne pas révéler le montant d'argent qu'il avait promis à sa fille. Pour une raison qu'il ne parvenait pas à définir, il jugeait plus sage de se taire. Certes, Elizabeth admirait sa fille et trouvait que Veronica était jolie, intelligente et pleine de talent. Et pourtant Hugh ne pouvait chasser l'impression que sa femme se sentait parfois mal à l'aise en présence de sa fille.

Il se rendit à son bureau de fort bonne humeur. Il salua gaiement Mlle Rankin en l'appelant même par son prénom, Hermione, une familiarité qu'il ne se permettait que dans les grandes occasions. Il fut à la fois surpris et touché de l'entendre lui répondre avec un «Hugh» timide. Il avait une demi-douzaine de choses importantes à régler ce matin mais ne pouvait fixer son esprit sur aucune d'entre elles. Il attendait impatiemment le moment opportun de téléphoner à une vieille tante célibataire qui, à l'âge de 78 ans, n'était certainement pas très matinale. Neuf heures du matin, c'était vraiment tôt, 9 h 30 aussi. Dix heures ferait probablement l'affaire mais 10 h 15 serait certainement le meilleur moment. De toute façon, il était incapable de patienter plus longtemps. Il composa le numéro de tante Cecilia.

Après la première sonnerie, il entendit la voix de sa tante et il eut l'impression qu'elle attendait son appel.

— Hugh, fit-elle d'un ton joyeux, je suis si heureuse que tu m'appelles. J'ai une grande nouvelle à t'annoncer.

— Veronica m'a dit que M. Howard, le conservateur des Archives nationales d'Ottawa, était venu te voir hier.

— Oui. C'est un homme si cultivé et sympathique. Il m'a dit que les documents de la famille Stuart constituent une extraordinaire collection et qu'il est impatient de les acquérir pour les Archives.

— Magnifique, s'exclama-t-il d'une voix admirative.

— N'est-ce pas? J'aimerais tant en parler avec toi mais c'est difficile de le faire au téléphone. J'espère que tu viendras me voir bientôt.

— Je peux y aller ce matin.

— Vraiment, tu peux, Hugh? Cela ne te retardera pas dans tes affaires?

— Pas du tout. Je serai chez toi dans 10 minutes.

Tout le long du trajet jusqu'à Admiral Road, la joie de vivre ne le quitta pas. Le soleil brillait encore. Il n'y avait presque pas de circulation. Il avait l'impression de conduire avec moins de fatigue et plus d'adresse que jamais. Moins de 10 minutes plus tard, il s'arrêta doucement devant l'entrée de la vieille maison familière.

Depuis sa dernière visite, le printemps avait fait son apparition. Les crocus étaient maintenant en pleine floraison et il y avait une double rangée de jacinthes — bleues et violettes — ainsi que plusieurs touffes épaisses de narcisses. Les bourgeons des lilas étaient gonflés de sève.

Il avait à peine tiré sur le cordon que la porte s'ouvrit. Sa tante se tenait devant lui.

— Je t'attendais, avoua-t-elle avec une timidité de jeune fille. J'ai vu ta voiture arriver. Je suis très heureuse que tu sois venu, Hugh...

Il lut de la tendresse dans les yeux de sa tante et la prit dans ses bras. Elle se serra fortement contre lui. Lorsqu'ils se séparèrent, il crut voir des larmes dans ses yeux et entendre sa respiration difficile.

—Nous nous conduisons comme des écoliers, dit-elle en riant. Mais c'est tellement bon de te voir et c'est si gentil de ta part d'être venu tout de suite. Tu es celui qui comprend le mieux — peut-être plus encore que cette chère Veronica — à quel point les archives des Stuart me tiennent à coeur.

— Oui, je le sais depuis longtemps, répondit Hugh, mais je suis encore plus impressionné depuis que j'ai appris que tu avais demandé le conseil d'un spécialiste pour entreposer et classer les documents.

— C'était il y a un an, je crois. Je pourrai au moins affirmer que j'ai toujours fait très attention à ces documents. Je ne crois pas avoir perdu, égaré ou abîmé un seul papier. Mais je n'ai jamais eu beaucoup de méthode. Je ne savais pas comment les mettre en ordre. J'ignorais totalement comment ranger des documents historiques.

— C'est pourquoi tu avais appelé les Archives pour te conseiller?

— Oui, j'avais fait appel aux Archives *provinciales*, dit-elle en insistant sur le mot «provinciales». Oh, je sais, ce n'était pas bien de ma part, mon cher Hugh, puisque je n'avais pas l'intention de donner la collection Stuart aux Archives provinciales. Elles ne s'occupent que des documents concernant l'histoire de l'Ontario. Mais la famille Stuart appartient à tout le Canada et, de ce fait, le seul endroit qui convienne, ce sont les Archives nationales à Ottawa.

Elle s'arrêta un moment pour reprendre haleine après cette déclaration enflammée. Hugh s'étonna de cette manifestation d'orgueil.

— Les Archives provinciales, reprit-elle, m'ont envoyé un jeune homme, très bien d'ailleurs et qui ne portait pas de jeans, un jeune homme bien élevé. Il a eu la gentillesse de me montrer comment procéder pour classer et entreposer les documents. Depuis lors, j'ai toujours fait comme il m'avait conseillé. Et tu ne le croiras pas, Hugh, mais M. Howard m'a félicitée sur la façon dont je m'étais organisée! Il m'a dit qu'il n'y aurait pas grand-chose à modifier après leur transfert à Ottawa.

— Tout est donc pour le mieux, tante Cecilia. Et, bien entendu, il considère ces documents comme très importants...

— Très importants, il me l'a répété plusieurs fois. Vois-tu, la plupart des collections qu'ils reçoivent aux Archives viennent des milieux politiques et gouvernementaux: depuis les gouverneurs généraux et les Premiers ministres jusqu'aux membres du Cabinet, les ambassadeurs et les hauts fonctionnaires. Ils n'ont presque rien sur le monde des affaires, le commerce, l'industrie et... la distillerie, conclut-elle en riant.

— Si je comprends bien, ce fut une entrevue intéressante, fit Hugh. À quoi ressemble ce M. Howard?

— Très gentil et courtois, un peu plus âgé que toi peut-être, je dirais 55 ans environ.

— Il a de la chance d'acquérir cette collection. Il semble qu'elle soit dans un ordre parfait depuis que tu l'as organisée. J'aimerais la voir aussi. Je ne veux pas qu'elle parte à Ottawa sans que je l'aie vue une fois...

Tante Cecilia était visiblement ravie.

— J'espérais que tu me le demandes, Hugh. Je suis tellement fière de la montrer depuis que M. Howard m'en a fait des compliments. Veux-tu la voir tout de suite? Agnes nous fera du café entre-temps.

Hugh suivit sa tante dans l'escalier plutôt raide et étroit. Le plafond de la vieille maison était si haut qu'il aurait été impossible d'installer un escalier à pente plus douce. Hugh savait tout cela fort bien mais pensa, et ce n'était pas la première fois, qu'on aurait dû ajouter un palier. Sa tante montait lentement les marches. Plusieurs années auparavant, elle avait été victime d'une crise cardiaque et, bien que la possibilité d'une nouvelle crise fût écartée, elle continuait de faire très attention.

Ils avancèrent dans le couloir faiblement éclairé jusqu'à la pièce située au-dessus du salon. D'immenses fenêtres vitrées l'inondaient de lumière, en plus des appliques électriques et des lampes installées sur deux grandes tables. Les murs étaient recouverts de rayons, chacun supportant toute une rangée de dossiers catalogués et bourrés de documents, numérotés et identifiés par une étiquette; le contenu était indiqué en grosses lettres bien lisibles. Il y avait aussi quelques classeurs pleins de feuilles de papier d'écolier.

Hugh fut très impressionné. Il savait que sa tante avait accumulé la plus grande partie possible des papiers de famille, y compris les lettres personnelles de son père et sa correspondance d'affaires ainsi qu'une importante collection de documents laissés par son grand-père. Il savait, bien sûr, que les archives rassemblées par sa tante susciteraient son intérêt mais leur valeur et leur présentation l'impressionnaient davantage. Comparée à ce trésor historique des Stuart, la collection de portraits et de tableaux du salon paraissait insignifiante. C'est dans cette pièce, qu'on pouvait le mieux juger du culte que Cecilia vouait à la famille Stuart.

Hugh resta sans voix. Il ne pouvait rien faire d'autre qu'exprimer sa surprise et son admiration. Il laissa errer son regard sur les rayons bien ordonnés. Les plus anciens documents, se dit-il, devaient être rangés vers la gauche, au début du premier rayon. Il contempla cet emplacement un bref instant. Les premiers dossiers sur le rayon du haut paraissaient bien moins épais que ceux qui suivaient. Il se pencha légèrement et lut le nom d'Alistair Stuart sur l'étiquette. À côté, il aperçut ce qui ressemblait à un grand livre carré, avec des coins en cuir, très abîmé, qui portait également le nom d'Alistair Stuart.

— C'est le fondateur, dit tante Cecilia d'un ton solennel, Alistair. C'est lui qui a mis sur pied la distillerie. Comme tu peux le voir, il ne reste pas grand-chose de sa correspondance mais on y trouve quelques pièces fort intéressantes.

Elle s'empara du livre rouge foncé aux coins usés.

— Ce sont des copies de lettres, Hugh. À cette époque, il n'y avait pas encore de machines à écrire et on faisait des duplicata des lettres importantes en les pressant entre les pages humides d'un livre comme celui-ci. Parfois, la reproduction est si indistincte qu'elle est presque indéchiffrable; parfois, elle est très lisible. En voici une qui l'est. Par chance, c'est une lettre très importante. En fait, elle marque le début de la compagnie Stuart & Kilgour.

Tante Cecilia avait marqué la page avec un bout de papier. Elle ouvrit le livre et le posa sur l'une des tables. Hugh s'assit. L'écriture en était un peu effacée mais encore lisible. La lettre avait certainement été écrite en lettres moulées par l'homme de confiance d'Alistair. Elle était datée du 5 mars 1851.

«Cher Monsieur,

J'ai appris par un ami commun, M. Gordon McMurrich, que vous envisagez ouvrir une distillerie de whisky à Toronto. Je vous prie de croire que je ne désire pas m'immiscer dans vos affaires et que j'entreprends cette démarche sans enfreindre de secret puisque M. McMurrich n'a pas attiré mon attention là-dessus.

«Il m'est venu à l'idée que le retour de jours meilleurs, qui se manifeste de tant de façons, rend opportune la création d'une nouvelle distillerie à Toronto. À toutes fins pratiques, j'ai décidé de lancer une telle compagnie mais en apprenant que vous aviez l'intention de faire la même chose, j'en suis venu à me demander si nous ne pourrions pas nous éviter une concurrence inutile en unissant nos forces.

«Il est vrai que, nous appartenons à des partis politiques différents mais je reste persuadé que cela ne nuirait en rien au succès de notre association. Il est vrai que j'ai été l'homme des Tories mais je dois dire que j'ai quitté mon poste gouvernemental avec soulagement plus qu'avec regret. Comme vous le diront les plus anciens et les plus jeunes hommes d'affaires de Toronto, j'ai obtenu beaucoup plus de succès dans les affaires que dans mes fonctions au gouvernement.

«Si ma proposition d'unir nos ressources pour fonder une nouvelle distillerie de whisky vous agrée, je serais très heureux de vous rencontrer au moment qui vous conviendra le mieux.»

Hugh reposa la lettre avec un sourire aux lèvres.

— C'est une lettre bien rédigée, fit-il, pleine d'assurance et très persuasive. Elle dépeint bien le caractère de mon arrière-grand-père. Est-ce que tu possèdes la réponse de Kilgour?

— Malheureusement, non. Elle manque dans le dossier «Courrier reçu» de cette année-là. Je n'ai pu la retrouver. Évidemment, c'est dommage mais il y en a d'autres pour compenser.

— Ah oui? fit-il avec un intérêt croissant.

— Bien sûr, il y en a même beaucoup, poursuivit tante Cecilia comme si leur nombre était presque illimité. Je crois qu'il y en a une qui t'intéressera particulièrement. Cette lettre vient du vieux Dr Lancaster, le médecin des Stuart pendant deux générations, qu'on appela en pleine nuit au secours du pauvre juge Farquharson qui avait fait une chute sur la glace devant sa maison de la rue Wellington, mais il mourut avant qu'on ait pu faire quelque chose.

Hugh se rappelait très bien ce tragique accident. Il lui était revenu en mémoire lorsqu'il avait contemplé une semaine plus tôt les portraits de famille. C'était le seul événement vraiment dramatique qui ait frappé les Stuart.

— Est-ce que la lettre éclaire un peu ce malheureux accident? demanda-t-il.

— Certainement, répondit tante Cecilia, et pour une raison très importante. Le Dr Lancaster a écrit cette lettre, vois-tu, pour expliquer ce qui s'était passé ce soir-là. C'est une longue lettre, un peu comme un rapport, qui donne un certain nombre de détails plutôt macabres.

Hugh regarda la lettre d'un air étonné.

— Mais pourquoi le Dr Lancaster a-t-il écrit à

l'arrière-grand-père Alistair alors qu'ils vivaient tous les deux à Toronto et certainement pas loin l'un de l'autre? Il aurait pu tout aussi bien en faire un rapport oral plus complet.

— Non, c'était impossible, mon cher Hugh. Durant les années 1840, grand-père Alistair ne résidait pas régulièrement à Toronto. Le siège du gouvernement de la nouvelle Province-Unie du Canada se trouvait à Kingston et, au début de cette décennie, il vivait là-bas la plupart du temps dans un appartement. Puis, la capitale a été transférée à Montréal et, comme les autres fonctionnaires, Alistair dut suivre également. Comme, à l'époque, il était le plus haut fonctionnaire du ministère de la Justice, il fut chargé d'aller à Montréal pour s'occuper du transfert. Il lui fallait trouver des bureaux et des logements appropriés pour le personnel. Une tâche gigantesque qui le retint pendant des semaines à l'extérieur de Toronto. Le Dr Lancaster ne se sentit pas le droit d'attendre aussi longtemps. Il était un vieil ami de la famille et un médecin consciencieux. Sans tarder, il voulut tout raconter à grand-père Alistair. C'est pourquoi il lui écrivit cette longue lettre détaillée.

— Mais pourquoi n'a-t-il pas envoyé un télégramme?

— Mon cher Hugh, à l'époque de la mort du juge Farquharson, il n'y avait pas encore de ligne télégraphique entre Toronto et Montréal. On en a installé une en 1847, soit quatre ans plus tard. Tout ce que le Dr Lancaster pouvait faire, c'était d'écrire une lettre.

— Une longue lettre, as-tu dit?

— Très longue et pleine de détails affreux sur la blessure à la tête du juge. Je ne supporte pas de lire cette partie de son rapport. Si tu n'y vois pas d'inconvénient, nous laisserons ces pages de côté...

— Ce n'est pas toute la lettre?

— Non, il y a plusieurs autres pages. Pour moi, ce

sont les plus intéressantes. Elles expliquent ce qui m'a toujours semblé être l'un des aspects les plus intrigants de la terrible mort du pauvre juge.

— Je ne savais pas qu'il y en avait. Le juge, qui était un homme plutôt grand et d'un certain âge, est tombé lourdement sur la glace, s'est fracassé le crâne, est resté inconscient dans le froid glacial et en est mort.

Tante Cecilia approuva de la tête.

— Oui, mon cher Hugh, c'est exactement ce qui s'est passé mais il ne reste pas moins quelque chose d'inexplicable. Le juge a certainement crié quand il est tombé. Personne ne l'a entendu !

— Il n'y a rien de mystérieux là-dedans, fit Hugh d'une voix rassurante. Il faisait très froid, ce soir-là, dans la petite ville qu'était alors Toronto. Il n'y avait tout simplement personne dehors dans la rue Wellington.

— Je ne parle pas de la rue Wellington mais de la maison du juge.

— Mais il est bien tombé dans la rue ?

— C'est ce que raconte la légende qu'on nous transmet depuis grand-père Alistair mais, comme le raconte en détail le Dr Lancaster dans sa lettre, ce n'est pas tout à fait exact. Selon lui, le juge n'a pas été retrouvé dans la rue mais sur le petit chemin menant à la maison, et proche des marches de la porte d'entrée.

— Je ne vois pas la différence, déclara Hugh sans y porter beaucoup d'attention.

— Moi non plus. Dans un drame de cette importance, c'est bien secondaire. Quelle différence qu'il soit tombé dans la rue ou sur le chemin ? Le Dr Lancaster a noté la position du corps parce qu'au début, il avait été un peu étonné que personne n'ait entendu le cri du juge bien que la chute soit survenue à proximité de la maison.

— Mais c'est facile à expliquer, déclara Hugh. Il faisait nuit et très froid, les fenêtres étaient sans doute soigneusement calfeutrées et le juge, qui était un homme âgé, n'avait certainement pas une voix forte.

— C'est exact. Je n'ai jamais cru qu'il pouvait y avoir d'autre explication et l'enquête du Dr Lancaster a prouvé qu'il n'y avait pas d'autre explication plausible. Les domestiques étaient dans leurs quartiers à l'arrière de la maison et Arabella, après avoir dit au revoir à son mari, s'était retirée dans une petite pièce, de l'autre côté, qui lui servait à la fois de salle de couture et de cabinet de travail quand elle faisait les comptes de la maison. Les deux grandes pièces à l'avant de la maison étaient éclairées mais personne ne s'y trouvait.

— C'est donc le mot de la fin de cette histoire tragique... commenta Hugh.

— Oui, et il est intéressant de savoir que l'enquête du Dr Lancaster a répondu à toutes les questions et que le récit que nous en a fait grand-père Alistair est toujours valable.

Tante Cecilia se leva.

— J'ai pris beaucoup de ton temps pour te montrer mes trésors et t'en parler, mon cher Hugh. Descendons-nous maintenant? Je ne voudrais pas que le café d'Agnes refroidisse.

IV

Au rez-de-chaussée, ils s'installèrent dans le salon. Un moment de silence. Tante Cecilia versa le café et Hugh prit un biscuit anglais à la farine de blé. Finalement, sa tante leva les yeux de sa tasse et le regarda en face.

— Mon cher Hugh, lui dit-elle d'une voix à la fois douce et triste. J'ai une confession et des excuses à te faire. Je t'ai traité durement à la réunion familiale. J'espère que tu me pardonnes.

— Je te pardonne d'autant plus que ce sont des Stuart, ta soeur, ton frère et moi-même, qui ont provoqué ton désarroi. Si nous n'avions pas tant parlé du courage et de la ténacité de ton frère au moment même où nous discutions de la vente de l'entreprise, tu n'aurais jamais ressenti autant de chagrin et de colère. Il me semble que c'est plutôt à toi de nous pardonner.

— Non, c'est surtout de ma faute et, comme le dit la Bible, je veux faire un acte de contrition et me faire pardonner.

Hugh avait le coeur battant.

— Oui? fit-il.

— Je désire revenir sur le refus irraisonné que j'ai opposé à la vente de Stuart & Kilgour chez toi, l'autre soir.

Il resta un moment silencieux. La déclaration de sa tante était ambiguë. Avait-elle un sens positif ou négatif? Cela voulait-il dire que tante Cecilia acceptait désormais la vente ou bien qu'elle s'excusait pour qu'on oublie son comportement? Hugh ne le savait pas et commençait à s'impatienter un peu. Il n'était plus temps de tergiverser. Il devait savoir la vérité.

— Veux-tu dire, tante Cecilia que tu consens maintenant à la vente?

Il la trouvait bizarre. Elle avait sur le visage, le même masque neutre et impassible qu'au début de cette désastreuse réunion chez lui.

— Oui, j'y consens, répondit-elle d'une voix raide comme pendant le conseil de famille. Je n'ai pas changé d'avis. Je pense toujours que Stuart & Kilgour est une affaire de famille, le fruit du labeur de quatre générations de Stuart, mais je sais aussi que ce n'est pas tout à fait exact. Même du temps de mon père, la distillerie était accessoire pour lui car il s'occupait surtout de ses intérêts dans les chemins de fer. La grande maison Stuart & Kilgour est en fait la création de mon frère Richard et de toi, Hugh, son fils. Vous l'avez bâtie tous les deux. Elle vous appartient vraiment. C'est pourquoi je crois que tu as le droit légal et moral d'en disposer comme tu l'entends.

— Tu consens donc à cette vente sans arrière-pensée?

Le regard impassible de sa tante s'anima.

— Ce n'est pas exactement ce que j'ai dit, Hugh. Du moins, pas de cette manière. Je n'ai pas besoin de te dire que je n'aime pas beaucoup cette idée de vendre. Je ne peux pas l'aimer. Je pense toujours qu'en tant qu'entreprise familiale, Stuart & Kilgour devrait rester sous le contrôle de la famille.

— Mais tante Cecilia, répondit-il le plus calmement possible, la vérité est qu'elle ne pourra pas continuer de rester une entreprise familiale. Oncle Christopher l'a démontré l'autre soir. Il n'y a aucun membre de la famille qui veuille me succéder comme président-directeur général. Charles ne le veut pas ni personne d'autre. Je ne suis plus un jeune homme et, lorsque je prendrai ma retraite ou après mon décès, elle deviendra une compagnie anonyme.

— Je le sais très bien, Hugh, fit-elle avec une pointe d'agressivité dans la voix. Mais il existe une grande différence entre la transformation de Stuart & Kilgour en compagnie anonyme et la vente à des étrangers.

— Il existe aussi une grande différence dans le temps et les problèmes soulevés. J'ai reçu une offre intéressante et valable de Pettigrew. Il n'a pas montré la moindre intention de changer d'avis. Il revient lundi prochain. Toute la transaction peut se faire en un jour ou deux et je recevrai cinquante millions et ma liberté.

Le curieux regard de sa tante où on lisait à la fois du chagrin et de l'entêtement, devint encore plus impassible.

— Je suis au courant de tout ça, Hugh. Je veux que tu aies cette liberté que tu désires. J'ai déjà dit que Stuart & Kilgour t'appartenait et que tu avais le droit de la vendre.

— Mais tu n'approuves toujours pas cette vente?

Tante Cecilia se pencha en avant. Elle était agitée d'un léger tremblement et avait les joues rouges.

— Hugh, tu ne comprends pas? Ce n'est pas seulement l'entreprise que tu vends mais un nom, notre nom!

Pendant un moment, Hugh resta sans voix comme s'il avait reçu un coup soudain et violent qu'il n'attendait pas.

— Tante Cecilia, lui dit-il d'une voix calme et conciliante, je te demande de considérer cette vente du point de vue des affaires. C'est évident que le nom va avec la compagnie. C'est même la raison pour laquelle

Pettigrew offre cinquante millions. Stuart & Kilgour n'est pas une distillerie ordinaire. Ses whiskies sont de, qualité supérieure. Ils sont réputés dans le monde entier. C'est la réputation, le prestige de Stuart & Kilgour que Pettigrew veut acheter et la raison pour laquelle il est prêt à payer un gros montant d'argent.

Tante Cecilia ne paraissait pas du tout convaincue.

— Comment peux-tu savoir, Hugh, que ce M. Pettigrew va continuer de maintenir les normes de qualité que ton père et toi avez établies?

— Je n'en sais rien, évidemment. Comment le pourrais-je? Mais il y a deux choses dont je suis certain. Si Pettigrew diminue la qualité, il perdra immédiatement son volume de vente et il ne peut en aucune façon se le permettre. Il investit trop d'argent dans cette affaire et il voudra que ça lui rapporte.

Tante Cecilia hocha la tête en signe de compréhension.

— En outre et c'est là le second point, continua Hugh, je crois qu'en vendant Stuart & Kilgour à Pettigrew, la compagnie sera entre   bonnes mains. J'ai vu Pettigrew et je lui ai parlé. J'ai mené une enquête complète sur lui. C'est un véritable gentleman.

— Oui, dit tante Cecilia avec obstination. Le rouge de ses joues avait pourtant disparu et son regard s'adoucissait. Mais tu n'as pas encore rencontré ses associés, n'est-ce pas?

— Non, mais ils viendront à Toronto avec Pettigrew la semaine prochaine. Je ne vois pas pourquoi je m'inquiéterais à leur sujet. Pettigrew détient une confortable majorité dans leur association et c'est lui qui décidera des orientations de la compagnie.

— Cela semble très satisfaisant, convint tante Cecilia.

— Et pour nous assurer que Stuart & Kilgour sera entre bonnes mains, je vais demander à Orville et à oncle Christopher de déjeuner avec les Américains au Brock Club pour discuter de la vente. Si leur impression est bonne, nous poursuivrons dans cette direction.

— Oui, ajouta tante Cecilia avec plus de chaleur qu'elle n'en avait encore montrée, cela semble très satisfaisant.

Hugh convint en lui-même que les paroles de sa tante équivalaient presque à une acceptation sans réserve mais il n'en était pas satisfait. Il aurait voulu un consentement plus chaleureux, plus spontané. Il se rendit compte que c'était le moment où jamais de l'obtenir. Il avait la tête pleine des arguments que Veronica lui avait suggérés ce matin et il venait d'admirer l'étendue de l'oeuvre personnelle de tante Cecilia, les archives de la famille.

— Vois-tu, tante Cecilia, lui dit-il avec tendresse, il me semble que nous perdons beaucoup de temps à nous inquiéter de l'avenir de Stuart & Kilgour. La fierté des Stuart ne réside pas uniquement dans leurs distilleries, dans les rangées de tonneaux de whisky et dans les profits à venir. Elle réside aussi dans les archives de la famille et dans leur passé prestigieux. Pettigrew ne peut acheter cela. Il ne le peut pas. Ce passé, il se trouve dans la pièce du haut et ce legs aux Archives nationales du Canada deviendra le témoignage de la réussite d'une grande famille canadienne.

De toute évidence tante Cecilia était très émue. Hugh craignit même qu'elle ne se mît à pleurer. Elle ne le fit pas. Elle passa rapidement une main sur ses yeux et releva la tête, un sourire timide aux lèvres.

— Hugh, je suis une femme sotte et je fais trop de manières, avoua-t-elle. Je m'excuse. Après tout, nous ne sommes pas les seuls Stuart au monde!

Soulagé, Hugh éclata de rire.

— Nous portons un nom royal, dit-il, mais il y a des tas de personnes, en Amérique du Nord, qui le portent aussi.

— Il y en a certainement quelques-unes dans le Kentucky, fit tante Cecilia en riant comme une petite fille.

— Je suis sûr que c'est un nom très respecté dans le Kentucky, ajouta Hugh. Mais quoi qu'il en soit et quoi qu'il arrive dans l'avenir, nous, les Stuart du Canada, n'en sommes pas responsables.

Ils s'embrassèrent chaleureusement sur le seuil de la porte. Quelques minutes plus tard, Hugh conduisait d'une main assurée sa voiture vers son bureau de la rue King. Il était déjà tard et la circulation se faisait lente. Il fut pris dans plusieurs embouteillages mais il voulait absolument arriver au bureau avant le départ de Mlle Rankin. Au moment où il poussait enfin la porte, il aperçut sa secrétaire en train d'enfiler son manteau.

— Des nouvelles de Pettigrew? lui demanda-t-il avec impatience, sans autre préambule.

— Oui, vous en avez reçu. Je suis restée un peu plus longtemps pour attendre votre retour ou un coup de téléphone. M. Pettigrew prendra l'avion à Lexington dimanche soir et sera à votre bureau, lundi matin, vers 10 h 30. Lui et ses associés descendront au Royal York.

Chapitre 6

Hugh remonta dans le nord de la ville en proie à un sentiment d'exaltation qu'il n'avait pas éprouvé depuis longtemps. Toutes ses incertitudes, tous les obstacles rencontrés sur son chemin semblaient s'être envolés comme par magie. Devant lui, la liberté et la fortune. Il était tellement plongé dans l'idée de sa délivrance prochaine du passé que les dangers de la circulation torontoise à cette heure de pointe lui semblaient vraiment secondaires. Il avait toujours été un chauffeur rapide, habile mais prudent. Maintenant, il se permettait des extravagances en se faufilant entre les rangées de voitures comme l'un de ces adolescents qu'il trouvait si agaçants. Il avait hâte de rentrer chez lui. Il avait téléphoné à Elizabeth juste avant de quitter son bureau et lui avait annoncé la bonne nouvelle en quelques phrases courtes. Il avait bien des choses à lui raconter. Il gara sa voiture le long de la maison, gravit les marches avec agilité et aperçut Elizabeth qui avait déjà ouvert la porte et l'attendait dans l'embrasure. Il referma bruyamment la porte et l'enlaça. Ils s'étreignirent un long moment.

Quelques minutes plus tard, ils étaient installés l'un à côté de l'autre sur le grand canapé du salon.

— A-t-elle vraiment donné son consentement? demanda Elizabeth, incrédule, pour la troisième fois.

— Oui, et de plein gré. Elle s'est aussi moquée de son entêtement. Elle a avoué qu'elle n'était qu'une femme sotte et chichiteuse...

— C'est-à-dire une femme qui fait beaucoup d'histoires pour rien?

— Oui, mais c'est fini, Dieu merci!

— Et M. Pettigrew arrive lundi matin avec un tas de beaux millions...

— J'ai peine à y croire!

— Si nous buvions quelque chose pour nous aider à y croire!

Un peu plus tard, de nouveau assis tous deux sur le canapé avec une bouteille de champagne placée dans un seau à glace devant eux, Elizabeth regarda son mari d'un air pensif.

— Tu sais, dit-elle, et j'avoue que ce n'est pas très original, je crois que tu as d'abord besoin de prendre des vacances.

— J'ai déjà pris des vacances, lui rappela-t-il.

— Oui, mais c'était alors bien différent. Il s'agissait de vacances annuelles ou saisonnières. Cette fois-ci, il en sera autrement. Ce seront des vacances spéciales et qui n'auront pas de fin. Pas comme un état trimestriel ou un rapport annuel. Ce sera comme le point final de Stuart & Kilgour.

— Et de surcroît un excellent point final... ajouta

Hugh avec une grimace.

— C'est ce que nous allons célébrer. Dommage que Veronica et Charles soient absents! Veronica rentrera tard ce soir et Charles passe probablement toute la journée à la bibliothèque de l'université. Néanmoins, nous aurons amplement le temps, dimanche, de célébrer en famille.

— Peut-être par un dîner spécial, suggéra Hugh.

— Comme si je n'y avais pas déjà pensé! Oui, nous aurons un dîner spécial. Mais si nous commençons tout de suite à parler du menu, nous nous écartons du plus important, c'est-à-dire des vacances que, j'espère, tu vas prendre presque aussitôt. Bien sûr, il est encore trop tôt pour décider où nous irons mais y a-t-il un endroit que tu aimerais revoir ou visiter pour la première fois?

Elizabeth ne s'attendait pas à une réponse immédiate mais Hugh ajouta tout de suite:

— Je crois que j'aimerais retourner en Méditerranée. Nous avons déjà visité la Grèce et quelques-unes des îles grecques mais nous n'avons pas vu grand-chose de l'Asie mineure, de l'Afrique du Nord, de l'Égypte ou de la Sicile. Autant que possible, je préférerais y aller en bateau. Crois-tu que c'est une bonne idée?

— C'est une idée merveilleuse.

— J'aimerais partir le plus tôt possible si tu n'y vois aucun inconvénient.

— Oh non! Les fleurs en Grèce sont superbes au début du printemps.

— Magnifique!

— Buvons au printemps en Grèce!

Veronica rentra tard à la maison. Hugh supposa qu'elle avait étudié à la bibliothèque du collège pour rattraper le temps perdu. Elizabeth était déjà couchée quand il entendit qu'on ouvrait bruyamment la porte d'entrée. Quelques secondes plus tard, Veronica entra en trombe dans la bibliothèque où il était assis avec, devant lui, une carte de la Méditerranée et le *Hellenic Traveler* de Guy Pentreath.

— Comment ça s'est passé? demanda-t-elle d'une voix aiguë.

— Magnifiquement!

— Elle a donné son consentement?

— Oui, et de son plein gré, je crois. Elle s'est excusée de ses scrupules de vieille fille et elle s'en est même moquée. À un moment donné, nous ne savions plus si nous devions rire ou pleurer.

Veronica se laissa tomber dans le grand fauteuil en face de son père.

— C'est un miracle, lança-t-elle. Comment as-tu fait? As-tu utilisé l'argument que je t'ai suggéré, celui des précieuses archives.

— Je m'en suis servi abondamment. Nous sommes allés dans la pièce réservée aux archives en haut et nous avons regardé les dossiers de la collection. Elle a très bien organisé tout ça et il y a plus de documents que je le croyais. Ce fut même facile de l'en féliciter. Les Archives nationales du Canada en auront pour leur argent.

— Tu lui as dit tout ça, je suppose.

— Bien sûr!

— Elle devait être de fort bonne humeur quand vous êtes redescendus au salon.

— Elle l'était. À ce moment-là, ton argument visant à démontrer que le transfert de la collection Stuart aux Archives à Ottawa serait un geste bien plus précieux pour la gloire de la famille que la poursuite des activités de la vieille distillerie de la rue Front, a beaucoup contribué à améliorer la situation.

Veronica poussa un long soupir de soulagement.

— C'est enfin réglé!

— À première vue, oui, Dieu merci!

— Et je vais avoir mes deux millions?

— Tu en mérites chaque sou.

— Merci. Quand?

Hugh fut un peu décontenancé par cette question brutale. Le réalisme de sa fille ne manquait jamais de le surprendre.

— Eh bien, répondit-il avec une certaine prudence, c'est une transaction importante. Une grosse somme d'argent est en jeu. On ne peut rien précipiter. Je rencontre Pettigrew lundi et nous déciderons en premier lieu si nous sommes prêts à transiger selon les termes proposés au départ ou selon des modifications que l'un de nous deux pourrait proposer. Si, comme je le pense aucun de nous ne propose des changements, nous déciderons ensuite des diverses étapes, légales et autres, à suivre pour mener à bien la transaction. Mais ce ne sont là que des préliminaires. La véritable transaction n'aura lieu que mardi matin en présence de tous les intéressés. Pettigrew viendra avec ses deux associés et je vais demander à oncle Christopher et à Orville Patterson d'être présents.

— Et tu auras alors tes cinquante millions? insista Veronica.

Hugh se mit à rire.

— Mercredi matin, j'ai l'intention d'aller au siège social de la Banque Canadienne d'Industrie pour y déposer le montant total. Et tu pourras alors avoir tes deux millions...

Il s'attendait à entendre l'un de ces rires gais et triomphants dont Veronica était coutumière mais elle ne fit que sourire, un sourire bref et presque automatique, avant de redevenir silencieuse.

— Juste à temps, poursuivit-elle.

— Que veux-tu dire? demanda-t-il d'un air inquiet.

— Parce que j'ai déjà tiré un gros chèque sur cette somme...

— Mais, Bon Dieu, qu'est-ce qui t'a pris?

— Je devais le faire sinon je n'aurais pu acheter ce théâtre dont j'ai besoin. Je t'en avais déjà parlé. Je crois.

— Oui, tu m'as parlé de ce théâtre il y a quelques jours mais tu ne m'as jamais dit que c'était aussi urgent. Pourquoi cette précipitation soudaine?

— Parce que j'ai maintenant de la concurrence, c'est du moins ce qu'affirme le propriétaire, M. Dimitrios.

— De la concurrence pour ce vieux théâtre en ruine?

— Il n'est pas en ruine, Père. Certes, il est vieux et en mauvais état mais c'est un vrai théâtre avec tout ce qu'il faut. Exactement ce dont j'ai besoin. Le problème est qu'il y a d'autres personnes qui commencent à s'intéresser à ses possibilités. Il existe actuellement à Toronto une bonne demi-douzaine de petits groupes de comédiens de valeur qui essaient de fonder une compagnie théâtrale et de se trouver un théâtre convenable. Un ou deux de ces groupes vont finir par réussir. J'aimerais bien que le nôtre soit le premier à le faire.

— N'as-tu pas l'impression que ce Dimitrios, qui a un nom d'origine grecque, a inventé cette histoire de concurrence pour te forcer la main?

— Cela ne m'étonnerait pas qu'il joue à ce jeu-là. Si ce n'est qu'une hypothèse, je prends un gros risque. Je n'ai pas la moindre idée de l'identité de l'autre acheteur éventuel. Je ne sais même pas s'il existe. Mais le risque est trop grand pour croire qu'il n'existe pas. Je veux ce théâtre et je l'aurai!

— Tu l'as déjà dit. Mais pourquoi as-tu fait la folie de tirer un chèque sur des fonds qui ne sont pas encore en ta possession?

— Parce que j'ai eu peur de perdre mon théâtre pour toujours si je ne le faisais pas.

— Il y a une expression pour qualifier ton geste,

Veronica, tu as fait un chèque sans provisions. Pour quel montant ton chèque?

— Un million!

— Un *million*? Bon sang... Pourquoi une aussi grosse somme?

— C'est ce que Dimitrios exigeait pour son théâtre. Il m'a dit qu'il ne transigerait pas à moins parce qu'il pouvait obtenir plus de l'autre acheteur. Je sais que c'est une grosse somme mais ce n'est que la moitié de ce que tu m'as promis.

— Je te l'ai promise lorsque la transaction serait terminée et c'est impossible avant mardi.

— Comment se fait-il que des hommes d'affaires puissants comme vous l'êtes tous ne puissiez régler tout cela en deux heures? lança-t-elle d'une voix méprisante.

Hugh se contint pour ne pas éclater.

— Ne fais pas l'enfant, Veronica. Tu ne sais pas de quoi tu parles. Il faut surtout régler la question de ce chèque sans provisions. Sur quel compte l'as-tu tiré?

— Sur mon compte personnel.

— Sur ton compte personnel? Il est à la succursale de la rue Bloor, si je me souviens bien.

— Mon vieux compte, oui. Mais il y a plus d'un mois, lorsque j'ai fondé ma compagnie théâtrale et fait la découverte de ce théâtre de la rue Victoria, j'ai ouvert un second compte au siège social de la banque, rue King. J'ai pensé que je devais avoir un compte distinct pour mes opérations théâtrales et, comme le théâtre se trouve dans le centre-ville, j'ai ouvert un nouveau compte dans ce quartier.

— Et combien as-tu actuellement dans ce nouveau compte?

— Je ne sais pas exactement. Quelques milliers de dollars tout au plus. C'est tante Cecilia qui me les a presque tous donnés.

Hugh leva les bras dans un geste de colère.

— Est-ce que tu te rends compte que ton Dimitrios, s'il n'est pas fou et d'après ce que tu m'as dit, il est loin de l'être, va présenter ton chèque d'un million à l'ouverture des guichets de la banque lundi matin? Veronica, même si tu voulais ton théâtre à tout prix, pourquoi as-tu agi d'une manière aussi insensée? Pourquoi ne m'as-tu pas demandé de te prêter de l'argent ou une avance sur l'argent que je t'ai promis sur la vente?

Veronica hocha la tête d'un air entêté. Elle s'était reprise et se sentait de nouveau sûre d'elle-même. Elle était certaine d'avoir une bonne explication.

— Je ne t'ai pas demandé une avance parce que je n'en ai eu ni le temps ni l'occasion. Je vais te raconter ce qui s'est passé. Je suis restée tout l'après-midi à la bibliothèque jusqu'à 5 heures environ. Il y avait un certain temps déjà que je n'avais pas pensé à mon théâtre quand, soudain, il me revint à l'esprit. Je n'avais pas vu Dimitrios depuis plusieurs semaines parce que j'étais trop occupée à préparer mes examens. La pensée d'une concurrence possible, qui existait d'ailleurs depuis le début, recommença à me ronger. J'ai téléphoné à Dimitrios. Ce qu'il m'a annoncé m'a semblé de mauvais augure. Il m'informa qu'il avait des choses à me dire d'urgence et que je ferais mieux de venir immédiatement le rencontrer au théâtre.

«J'ai pris le métro et je m'y suis rendue aussi vite que j'ai pu. Dimitrios me fit entrer par ce que je crois être l'ancienne entrée des artistes et nous avons parlé un moment dans son bureau. Il m'informa qu'un autre acheteur était en lice, qu'il venait voir le théâtre demain, samedi, et qu'il allait presque certainement lui faire une offre.

«La panique faillit s'emparer de moi. Je vis tous mes rêves s'évanouir. J'ai songé à te téléphoner mais c'était en fin d'après-midi et je ne savais absolument pas où tu pouvais être. Tu aurais pu aussi bien te trouver à ton bureau qu'à la maison, ou encore t'être rendu à Admiral Road pour essayer de persuader tante Cecilia et je m'en serais voulu de te déranger. Et même si j'avais pu te rejoindre, comment un simple appel téléphonique aurait-il pu sauver mon théâtre? Tout ce que tu pouvais faire était de me promettre une avance d'un million pour lundi matin. Et que vaut une promesse pour lundi contre l'argent de mon rival samedi?

«Pendant quelques instants, je n'arrivais pas à avoir les idées claires. Je ne savais que faire. Puis, je me suis soudain souvenue de mon compte au siège social de la Banque d'Industrie; j'avais sur moi mon carnet de chèques. Il était alors près de 6 heures et je savais que Dimitrios ne pourrait toucher le chèque avant lundi matin. J'espérais qu'à ce moment-là, la vente serait presque terminée et que tu ne verrais aucun inconvénient à m'avancer la moitié de la somme que tu m'as promise, ce qui couvrirait mon chèque.»

Elle avait terminé son récit en souriant d'un air engageant et sans perdre contenance. Hugh regarda sa fille comme si elle venait d'une lointaine planète. Il constata, comme il l'avait fait si souvent, qu'il ne comprendrait jamais vraiment sa fille. Et pourtant il se rendait compte que son histoire était logique, tout en étant d'une extrême témérité.

— Bon, dit-il lentement, il nous faut de toute évidence couvrir ce million avant lundi 10 heures. Je ne crois pas que je puisse le faire avec l'argent de mon propre compte. Ce n'est pas souvent que je dispose d'une somme pareille. Ce que nous ferons, c'est entrer en communication avec le directeur de la banque, lundi matin de bonne heure. Par chance, c'est un de mes bons amis. Nous arriverons à un arrangement, j'en suis certain...

Veronica se leva. «Merci, Père!» fit-elle rapidement comme si elle venait de recevoir l'appui qu'elle attendait normalement de lui. Ils se dirent bonsoir et Hugh demeuré seul, regarda un moment dans le vide puis étendit la main pour reprendre son livre sur la Grèce.

III

Ils célébrèrent l'occasion en famille, samedi soir. Hugh voulait avoir une bonne nuit de sommeil avant son entrevue cruciale avec Pettigrew, le lundi matin, et il se coucha de bonne heure dimanche soir après avoir jeté un dernier coup d'oeil aux brochures qu'il avait réunies de la Grèce et de la Sicile.

Lorsqu'il se réveilla lundi matin, le temps avait encore changé dehors, comme cela arrivait souvent au printemps dans le sud de l'Ontario. Un vent violent poussait de lourds nuages dans un ciel couleur de plomb. Il descendit sans tarder prendre son petit déjeuner. Elizabeth, confiante et gaie, lui souhaita une bonne journée. Le trajet jusqu'au centre-ville, s'effectua normalement, sans problèmes et sans précipitation, contrastant en tous points avec le retour du vendredi soir.

Il ne lui fallut que quelques minutes pour passer à la Banque d'Industrie où il put rencontrer le directeur pour faire déposer au compte de Veronica la somme d'un million de dollars. À 9 h 15, il entra dans son bureau. Mlle Rankin était déjà arrivée.

À ce moment-là, elle était presque complètement au courant de la vente de Stuart & Kilgour. Au début,

Hugh avait pensé traiter l'affaire sur un plan exclusivement familial mais il s'était vite rendu compte qu'il ne pourrait garder longtemps ce secret. Hermione Rankin occupait un poste de premier plan à titre de secrétaire particulière. Elle dactylographiait ses lettres, lisait son courrier, prenait ses appels téléphoniques et exécutait ses ordres personnels. C'était une femme intelligente et efficace. Elle avait certainement compris dès la visite de Pettigrew qu'il se passait quelque chose. Peu à peu, ses soupçons avaient dû se préciser. Il était absurde, pensa-t-il, de continuer à lui cacher des choses qu'elle connaissait peut-être déjà.

En fin de compte, Hugh lui avait tout raconté. Cette confidence sembla les rapprocher davantage. Elle s'avéra, comme il s'y attendait, bon juge en la matière. Les membres de la famille de Hugh n'étaient plus seulement à ses yeux des personnages anonymes, mais acquéraient une personnalité distincte. De temps à autre, Hugh l'appelait par son prénom, d'une part parce qu'il en aimait la consonnance et d'autre part parce que c'était parfois plus approprié quand ils travaillaient tous les deux ensemble. De toute façon, il le faisait de plus en plus fréquemment depuis un certain temps.

Hugh expédia les affaires courantes de la matinée. Il était plus de 10 h 30 et Pettigrew, qui était un homme ponctuel, allait arriver d'une minute à l'autre. Hugh se leva et s'étira. Hermione Rankin s'avança jusqu'à la grande fenêtre qui surplombait la rue King.

— M. Stuart! lança-t-elle soudain d'une voix excitée.

— Oui?

— Voudriez-vous venir ici, s'il vous plaît?

Il se dirigea vers la fenêtre. Mlle Rankin lui pointa du doigt le spectacle familier de la rue King, à cette heure de la matinée, avec ses trottoirs couverts de monde et sa chaussée encombrée de voitures.

— Regardez là-bas! fit-elle. N'est-ce pas Mlle Cecilia Stuart qui marche sur le trottoir d'en face?

Hugh se pencha un peu distraitement. Il y avait partout des gens dans la rue qui se hâtaient dans les deux directions avec pour seul but, semblait-il, d'atteindre leur destination le plus vite possible, sans s'arrêter ni flâner en route. De fait, il n'y avait rien qui puisse attirer leur attention ou les détourner de leur chemin. Hugh se souvenait plus ou moins du temps où la rue King était une artère chic qui abritait de chaque côté toute une série de petites boutiques, tailleurs, bottiers, chemiseries pour hommes, marchands de fourrures, fleuristes et débits de tabac. Elles avaient presque toutes disparu aujourd'hui pour faire place à d'immenses bâtiments, en ciment et en verre, qui s'élançaient vers le ciel comme autant de pilotis sans grâce, entourés d'une surface aride de béton sur laquelle un vent glacial soufflait en hiver. Banques, sociétés de fiducie, compagnies d'assurances... occupaient la majeure partie de ces monstres affreux. Devant cette invasion, les boutiques de la rue King avaient fui dans des petites rues plus au nord ou s'étaient réfugiées dans la sécurité des centres commerciaux souterrains qui se répandaient de plus en plus dans la ville, où elles avaient perdu peu à peu leur caractère original.

Hugh écarquilla les yeux. Il était difficile de reconnaître quelqu'un, surtout par ce matin venteux et frisquet de printemps. La plupart des promeneurs portaient un manteau léger ou un imperméable. Quelques-uns avaient mis un chapeau et un plus petit nombre encore des gants. Tante Cecilia, qui estimait qu'une dame devait être en tout temps habillée convenablement, hiver comme été, avait l'habitude de porter en toute saison chapeau et gants. Ces deux indices permirent finalement à Hugh d'apercevoir quelqu'un sur le trottoir d'en face qui pouvait être sa tante Cecilia.

La mystérieuse inconnue était une assez grande femme; son allure décidée rappelait celle, si familière de sa tante. Elle portait un grand béret de velours noir, coquettement incliné sur le côté, ce qui découvrait un peu ses cheveux gris. Hugh se dit rapidement que c'était bien là la tenue de sortie de sa tante mais, cependant, le manteau qu'elle portait ne lui était pas habituel. C'était une cape, de couleur écarlate, qui lui tombait en plis amples des épaules et qui s'agitait avec grâce au rythme de sa marche. Hugh savait que tante Cecilia aimait s'habiller selon la mode et qu'elle ne voulait pas qu'on la considérât comme une vieille fille qui s'accommodait facilement d'une tradition vestimentaire remontant à une quarantaine d'années. Bien au contraire, elle cherchait à être autant que possible à la mode. Mais alors pourquoi cette combinaison d'un béret de velours noir et d'une cape écarlate? Non, ce n'était pas dans son caractère?

— Oui, il y a une ressemblance, mais elle est vague. Je suis persuadé que, si elle venait dans le centre-ville un lundi matin pour ses affaires, elle porterait certainement un manteau moins voyant.

— Elle s'habille toujours avec soin et à la mode, fit remarquer Mlle Rankin.

— Certainement, mais la voyez-vous porter cette cape d'un rouge écarlate en pleine rue King par un triste lundi matin comme aujourd'hui? De plus, et c'est là la question, que ferait-elle ici à cette heure de la journée? Elle ne s'aventure guère dans le quartier car elle déteste la rue King telle qu'elle est aujourd'hui. Deux fois par an, elle vient me voir pour que nous allions rencontrer son courtier, dans l'édifice de la Banque Canadienne d'Industrie. Nous en ressortons généralement une heure plus tard, et je l'installe dans un taxi qui la ramène chez elle.

Entre-temps, la mystérieuse femme avait disparu. Hugh regarda à droite et à gauche, dans le champ de la fenêtre, mais ne trouva plus trace de la personne qui ressemblait à sa tante. L'incident était insignifiant en soi mais avait légèrement agacé Hugh. Il était malgré tout possible, bien qu'il se refusât à le croire et qu'il en niât toujours la possibilité, qu'il se soit agi de tante Cecilia. Et si c'était elle, que venait-elle faire rue King au moment même où il attendait le retour de James L. Pettigrew?

On frappait doucement à la porte.

IV

Hugh se précipita dans l'antichambre juste à temps pour voir Mlle Rankin aider Pettigrew à enlever son manteau. L'image qu'il avait gardée de son visiteur était juste. Pettigrew n'avait pas changé depuis sa première visite. Il était aussi calme et courtois, habillé de la même manière discrète et élégante que le jour mémorable où il était entré pour la première fois dans les bureaux de Stuart & Kilgour. Au cours des 15 derniers jours, Hugh s'était parfois demandé si Pettigrew n'était pas un fantôme et les cinquante millions un rêve impossible. Et le fantôme était de retour, un fantôme réel et élégant, vêtu d'un complet en plaid clair et parlant avec aisance du temps pourri qu'il faisait à Toronto.

— Je crois, dit Hugh en souriant, qu'il y a presque deux semaines maintenant que vous êtes venu dans ce bureau pour la première fois.

— Un peu plus de deux semaines, corrigea Pettigrew. Je me souviens que c'était un vendredi car je m'étais dit que le vendredi est un mauvais jour pour faire une offre comme celle que je vous ai faite. Mais j'étais à Toronto ce jour-là et j'ai couru le risque. J'eus raison de le faire mais, depuis lors, j'ai décidé de ne plus tenter le sort. C'est pourquoi j'ai reculé de trois jours la date de notre rendez-vous, de vendredi à lundi. J'espère que cela ne vous a pas causé d'inconvénients?

— Mais pas du tout! répondit Hugh avec une chaleur qu'il ne put dissimuler.

Pettigrew se pencha en avant, l'air très sérieux.

— Puis-je en déduire que mon offre vous agrée? Vous avez eu 15 jours pour y penser. Désirez-vous que je la répète?

— J'apprécierais que vous le fassiez. Confirmez-vous les termes de votre proposition?

— Exactement. J'avais déjà pris ma décision à ce moment-là et je n'ai pas changé d'avis depuis. C'est vous qui aviez manifesté une certaine hésitation et c'était tout naturel. J'avais longtemps réfléchi à l'achat de Stuart & Kilgour avant de venir vous voir alors que, pour vous, c'était quelque chose de tout nouveau. Vendre une entreprise qui appartient à la même famille depuis plus d'un siècle, voilà qui doit sembler étrange à tous ses membres. Vous m'aviez dit alors que vous vous sentiez dans l'obligation de leur expliquer mon offre et d'obtenir leur consentement.

— C'est exactement ce que j'ai fait, répondit Hugh avec un sentiment renouvelé de soulagement. J'ai informé chacun d'eux de votre proposition et ils ont tous accepté.

Pettigrew écarta les mains dans un geste d'intense satisfaction.

— Je ne saurais vous dire comme j'en suis heureux. Cette entreprise importe plus pour moi que toutes celles dont je me suis porté acquéreur ou que j'ai essayé d'acquérir. Aux États-Unis, nous n'avons rien de semblable à Stuart & Kilgour. Ce sera une véritable révolution dans le domaine de la distillation du whisky.

Hugh était incapable d'exprimer sa joie mais elle

était au moins égale à celle de Pettigrew.

— Ce ne sont, bien sûr, que des préliminaires, dit-il. La phase finale de la transaction devrait, je crois, pouvoir se faire demain. J'aimerais beaucoup que mes deux principaux actionnaires assistent à la vente finale. Comme vous vous y attendez, il s'agit de deux membres de ma famille: mon oncle Christopher Stuart et mon oncle par alliance Orville Patterson, le mari de ma tante Emily. Patterson représentera sa femme et oncle Christopher a reçu une procuration de sa soeur, ma tante Cécilia, pour la représenter.

— Ce sera pour moi un plaisir de faire la connaissance de ces messieurs, répondit Pettigrew d'un ton très courtois, et en retour je vous présenterai mes deux associés, MM. Wayne Ericsen et George Papadopoulos. Je vous ai mentionné leur existence lors de notre première rencontre mais, à ce moment-là, nous avons tous deux convenu qu'il était préférable de faire preuve de discrétion. Je ne crois pas vous avoir dit leur nom ni mentionné leur domaine d'activité. C'est le moment où jamais de vous en parler. Wayne Ericsen est dans le domaine des pâtes et papiers et possède d'immenses concessions forestières au Canada. Quant à Papadopoulos, il a débuté dans le commerce des vins grecs et italiens et, plus récemment, il s'est tourné vers une affaire très lucrative, les croisières en Méditerranée. Je crois qu'il possède actuellement une flottille de quatre navires, tous neufs et bien équipés.

— Comme c'est intéressant! Hier ou avant-hier, j'ai parlé à ma femme d'une croisière en Méditerranée. C'est ainsi que j'aimerais passer quelques semaines après la vente de Stuart & Kilgour...

— Papadopoulos sera certainement très heureux de vous parler de ses croisières.

— Nous aurons tout le temps de revenir à ce sujet. Je propose que nous nous retrouvions demain matin, à 10 heures, dans la salle de conférences, vous et vos associés, MM. Ericsen et Papadopoulos, et moi avec Christopher Stuart et Orville Patterson. Nos avocats et banquiers respectifs seront également présents. J'espère que nous pourrons conclure l'entente en deux ou trois heures; nous irons ensuite à mon club prendre l'apéritif et déjeuner.

— Je ne peux imaginer un programme qui me convienne mieux, dit Pettigrew.

— Une dernière chose, ajouta Hugh. Vous possédez déjà tous les renseignements indispensables concernant notre compagnie et ses activités. Nous vous avons envoyé nos rapports annuels et l'évaluation détaillée de nos bâtiments, équipements, inventaires, etc. Je crois que vous disposez de tous les éléments pour porter un jugement définitif. Cependant, j'aimerais ajouter quelque chose, surtout parce que j'en suis particulièrement fier. Nos chiffres pour le premier trimestre 1966 viennent tout juste d'être publiés. Non seulement ils sont plus élevés que ceux du même trimestre de l'an dernier, mais dépassent ceux du dernier trimestre qui comprend, comme vous le savez, la période des fêtes.

Pettigrew sourit de contentement.

— J'espère seulement que mon premier trimestre sera presque aussi bon que votre dernier...

— Certainement, répondit Hugh avec confiance. La compagnie se porte bien. Buvons à ses succès futurs!

Il traversa le bureau jusqu'à la petite pièce qui contenait sa réserve personnelle des whiskies Stuart & Kilgour, ainsi que des verres, du soda et de l'eau de source.

— Comment voulez-vous votre whisky, nature, avec du soda ou de l'eau de source qui vient de notre ferme?

— Un choix facile à faire, répondit Pettigrew en souriant. Avec de l'eau de source, sans glaçon, s'il vous plaît.

Ils burent une gorgée en silence. Puis une pensée sembla soudain effleurer Pettigrew.

— Il y a une chose que je dois vous dire avant de prendre congé, dit-il d'un air un peu embarrassé. Cela n'a pas tellement d'importance sinon je vous en aurais parlé plus tôt. Il n'a pas été facile de trouver cinquante millions de dollars pour acheter Stuart & Kilgour. De fait, nous n'avions pas suffisamment d'argent. J'aurais pu augmenter ma participation financière mais, comme je détenais déjà le contrôle majoritaire de la société, je n'ai pas voulu m'engager davantage. D'autre part, Ericsen et Papadopoulos étaient prêts à augmenter leur part dans notre association. Le résultat est une augmentation appréciable de notre capital de base et une légère diminution de mon contrôle majoritaire. Je possède actuellement 51 pour cent des actions de notre association et c'est toujours moi qui en ai le contrôle pour toutes les questions importantes.

— La situation n'a donc pas changé? fit Hugh.

Il se demandait si la remarque qu'il venait de faire correspondait vraiment à la réalité. Il était un peu inquiet parce qu'il s'était fié à l'impression favorable que lui avait faite Pettigrew et à la certitude qu'il détenait une confortable majorité. Lorsqu'il s'était fait l'avocat de la vente de Stuart & Kilgour, Hugh avait souligné ces deux points. Maintenant, il semblait que le second point n'était plus tout à fait exact. Les soi-disant associés minoritaires de Pettigrew, que Hugh n'avait pas encore rencontrés et dont il ignorait le caractère, disposaient maintenant d'une participation puisque égale à celle de Pettigrew. On pouvait d'ores et déjà avancer que la nouvelle compagnie Stuart & Kilgour serait dirigée par un triumvirat.

V

Hugh avait invité Pettigrew à déjeuner au Brock Club mais ce dernier dut refuser parce qu'Ericsen, Papadopoulos et lui-même avaient prévu de déjeuner ensemble à leur hôtel et de passer l'après-midi et probablement une partie de la soirée à revoir leur offre et leurs projets d'avenir. Hugh savait bien que, s'il se rendait seul au club, il pourrait toujours déjeuner avec quelqu'un mais il n'en avait pas spécialement envie. Il se sentait inquiet et un peu déprimé après le départ de Pettigrew. Il se souvint, mais sans y croire vraiment, de l'explication que l'on donne d'ordinaire à ce sentiment, à savoir qu'il s'agit là d'une réaction normale après un moment de crise dans la vie. Il se versa un autre whisky, demanda au commis de bureau d'aller lui chercher un sandwich au petit restaurant du rez-de-chaussée. Il s'assit et prit beaucoup de temps pour le manger.

Il finit par se lasser de son indolence. C'était bien vrai, son rôle de président-directeur général de Stuart & Kilgour était terminé ou tirait à sa fin. C'était probablement la dernière fois qu'il occupait le fauteuil du président. Les derniers jours d'un président revêtent certes un caractère spécial mais, pour une grande entreprise comme Stuart & Kilgour où la routine des affaires ne s'arrête jamais, ceux-ci ressemblaient à tous les autres jours. Ce lundi-là comme tous les autres lundis matins, il y avait les problèmes quotidiens à régler. Hugh comprit que la meilleure chose à faire, était de s'abandonner à la routine de Stuart & Kilgour. Ceci pourrait sans doute calmer sa nervosité. Les gestes habituels lui permettraient d'oublier son humeur changeante qui allait sans cesse de l'exaltation à la dépression.

Il avança son siège plus près de son bureau et prit le premier document soumis à son attention. Comme il l'avait espéré, le détail des activités qu'il connaissait si bien et qu'il pouvait régler rapidement, l'absorba complètement. Il regarda sa montre et constata avec surprise qu'il était près de 4 heures de l'après-midi. Son bureau baignait dans le silence. Il n'avait reçu aucune visite, même pas de son personnel. La machine à écrire de Mlle Rankin, dont le bruit lui parvenait parfois faiblement, s'était tue. En outre et c'était rare, le téléphone n'avait pas sonné depuis un certain temps déjà.

Et, soudain, la sonnerie retentit, brisant le silence.

— Oui, fit-il d'une voix égale, Hugh Stuart à l'appareil.

— Père!

C'était la voix de Veronica mais tellement déformée qu'il avait du mal à la reconnaître.

— Allo, Veronica, c'est toi, Veronica? Quelque chose ne va pas?

— Père, s'écria-t-elle, bouleversée, un accident terrible... Tante Cecilia est tombée dans l'escalier. Elle est allongée par terre, juste au bas des marches. On dirait qu'elle est morte!

— Morte? Peut-être simplement assommée? Donne-t-elle des signes de vie?

— Elle n'a pas l'air de respirer. J'ai essayé de prendre son pouls mais je ne sens rien.

— Mon Dieu! s'exclama-t-il. As-tu appelé son médecin?

— Oui, aussitôt que je l'ai découverte. J'ai appelé le Dr Harvie à son bureau. C'est lui qui s'occupe d'elle depuis des années, tu sais . . . Malheureusement, il est auprès d'un malade. L'infirmière m'a dit qu'elle allait essayer d'entrer en communication avec lui le plus vite possible et qu'elle enverrait immédiatement un médecin du Centre médical si elle n'y parvenait pas.

— Tu as bien fait, fit Hugh. J'arrive tout de suite.

Tout en conduisant, Hugh se sentait partagé entre des sentiments contradictoires. En lui monta d'abord un sentiment de culpabilité. N'avait-il pas souvent songé au danger que représentait cet escalier abrupt? Combien de fois n'avait-il pas parlé d'ajouter un palier? Il y avait trois jours à peine, lorsqu'il avait examiné les archives familiales rassemblées par tante Cecilia, il avait pressenti une fois de plus le danger qu'il représentait. Si seulement il avait fait quelque chose pour éviter qu'un accident se produise! Il en avait certes parlé à plusieurs reprises à sa tante mais chaque fois deux raisons majeures faisaient en sorte que le problème ne se réglait pas. Tante Cecilia avait toujours été une femme sportive qui, malgré son âge avancé préférait marcher que rouler en voiture et qui n'aimait pas du tout qu'on puisse croire qu'elle était incapable de gravir un escalier en somme bien ordinaire. De plus, et c'était là son argument décisif, comment pouvait-on installer un palier dans un escalier tout d'une pièce sans détruire l'harmonie architecturale du hall d'entrée? Hugh avait insisté, disant qu'en dépit des difficultés, cela était quand même possible. Il lui avait offert de faire venir un architecte pour étudier la question. Tante Cecilia s'était alors opposée avec gentillesse mais fermeté.

En revanche, il y avait peu de raisons de déplorer

sa mort. Âgée de 78 ans, elle avait bien vécu, moins que son père peut-être, le grand-père Alexandre, mais bien plus que son frère Richard, le père de Hugh. Le moment de sa mort était presque symbolique. La grande préoccupation de sa vie avait été la famille Stuart et elle avait concentré toute son affection sur ses deux manifestations principales: la réussite de Stuart & Kilgour et la conservation des archives de la famille. Or, au moment même de sa mort, ses deux centres d'intérêt connaissaient leur aboutissement. Stuart & Kilgour n'appartiendrait bientôt plus aux Stuart et les archives familiales allaient devenir propriété nationale. Dans un sens, tout semblait rentrer dans l'ordre mais Hugh repoussa avec horreur cette pensée pourtant réconfortante. Comment un tel accident pouvait-il survenir au «bon moment» dans la vie d'une femme pleine d'entrain et d'énergie, qui s'occupait avec amour des projets qui l'intéressaient et qui était capable de donner autant de preuves d'affection et de loyauté?

En arrivant devant la maison d'Admiral Road, Hugh aperçut une autre voiture garée à cet endroit. Il courut et la porte s'ouvrit avant qu'il ait eu le temps de tirer la sonnette. Un homme de haute taille, plutôt maigre, qui portait un pince-nez et une barbiche grise, apparut sur le seuil.

— Je suis le Dr Harvie, se présenta-t-il à voix basse. Vous me voyez navré d'être arrivé en retard. J'étais chez un malade et on a eu du mal à me joindre. Je n'aurais rien pu faire de toute façon. Mlle Stuart était morte depuis déjà un bon moment. En fait, elle devait l'être lorsque Mlle Veronica l'a trouvée en rentrant dans la maison.

Il se tut. Le soleil, en cet après-midi d'avril, était si brillant qu'on avait oublié d'allumer l'électricité. Comme Hugh s'apprêtait à le faire, il aperçut une forme gisant au bas de l'escalier.

— Je ne l'ai pas encore déplacée, expliqua le Dr Harvie. Je suis arrivé juste avant vous. Voulez-vous la voir?

Hugh savait qu'il ne pouvait échapper à ce devoir. Il s'avança lentement, avec respect. Sa tante était allongée au pied des marches, le visage contre le sol, le front sur la surface dure du plancher du hall d'entrée. Elle s'était certainement heurté la tête avec violence car on apercevait une blessure béante sur son front et une petite mare de sang sur le plancher. Même morte, elle avait l'air d'une grande dame. Elle portait une robe grise de soie grège et autour du cou une écharpe italienne de soie blanche, maintenant tachée de quelques gouttes de sang. Elle était morte comme elle avait vécu, habillée de façon élégante.

Hugh pointa du doigt en silence la blessure qu'elle avait au front.

— La perte de sang ne veut rien dire, répondit le Dr Harvie à sa question muette. C'est la force du choc contre le plancher que son faible coeur n'a pu supporter. Vous vous souvenez qu'elle a eu, il y a trois ans, une terrible crise cardiaque. Obéissante, elle avait bien suivi les conseils du médecin et s'était parfaitement rétablie. Dans des circonstances normales, elle aurait pu vivre encore cinq ans et même plus. Mais un accident comme celui-là était suffisant pour la tuer.

De plus en plus horrifié, Hugh regardait la forme pitoyable étendue à terre devant lui.

— Docteur, lança-t-il soudain, nous ne pouvons la laisser ici!

— Bien sûr que non. Je n'ai pas de civière mais je suis certain que vous et moi, avec l'aide de Mlle Veronica, nous pouvons la transporter dans sa chambre à coucher et l'allonger sur son lit. Et ensuite vous pourrez peut-être, M. Stuart, téléphoner au service des pompes funèbres...

Ce n'était pas un fardeau très lourd mais, à mi-chemin dans l'escalier, ils durent s'arrêter pour reprendre haleine. Hugh se rappela alors, encore une fois, ses vains efforts pour persuader sa tante d'ajouter un palier à l'escalier.

— C'est un très grand escalier, dit le Dr Harvie, mais il est recouvert d'une épaisse moquette. Je m'étonne simplement que Mlle Stuart ait fait une aussi grande chute. On se serait attendu à ce que celle-ci soit ralentie ou même stoppée avant que votre tante n'atteigne le bas de l'escalier.

— C'est un escalier passablement abrupt, lui rappela Hugh. Dans toutes ces vieilles maisons du siècle dernier avec des plafonds aussi hauts, l'escalier qui mène à l'étage est toujours plutôt raide...

— C'est exact, convint le Dr Harvie. J'ajouterais même, et c'est un point important à se rappeler, que nous ne savons pas d'où Mlle Stuart est tombée. Nous avons de prime abord supposé que c'était en haut de l'escalier mais ce n'est pas nécessairement le cas. Elle a pu tout aussi bien tomber à mi-chemin ou même encore plus bas. Il y a peut-être une marche branlante ou une déchirure dans la moquette bien qu'elle m'ait semblé en bon état lorsque nous sommes montés. Ils déposèrent doucement tante Cecilia sur le grand lit blanc de sa chambre à coucher. Veronica nettoya le sang qui avait coulé sur son front, enleva l'écharpe tachée et la remplaça par une autre semblable qu'elle trouva parmi tant d'autres dans la commode de sa grand-tante.

— Elle sera enterrée religieusement, sans doute, s'enquit le Dr Harvie d'un ton qui était beaucoup plus une constatation qu'une question.

— Naturellement. Tante Cecilia a toujours souhaité être enterrée dans le caveau des Stuart, au cimetière Mount Pleasant. Je crois que je vais téléphoner tout de suite au service des pompes funèbres, en demandant de venir rapidement.

— Bien sûr. Entre-temps, je vais rédiger le certificat de décès.

Dans la demi-heure qui suivit, Hugh fut très occupé. Il téléphona à sa femme et à sa tante Emily pour les informer de la tragédie. Il rédigea une notice nécrologique pour les journaux de Toronto. Il fit aussi la liste des porteurs: Charles, le fils d'oncle Christopher, les deux fils Patterson et les deux jeunes Urquhart qui étaient les petits-fils d'une des plus vieilles amies de tante Cecilia, Maude Urquhart, qui habitait un peu plus loin de l'autre côté de la rue. Il savait que sa tante aurait souhaité reposer en chapelle ardente dans sa propre maison plutôt que dans un salon funéraire glacial et anonyme. Enfin, il téléphona au pasteur de l'église St. Alban.

Il avait à peine terminé quand les employés des pompes funèbres arrivèrent pour emporter le corps de tante Cecilia. Hugh et Veronica assistèrent au départ, entendirent la porte se refermer et s'effondrèrent dans les grands fauteuils du salon.

— C'était plutôt pénible, remarqua Veronica à mi-voix. Nous avons besoin d'un remontant. Je vais nous préparer quelque chose à boire.

Ils restèrent assis en buvant lentement. Hugh était obsédé par la mort de sa tante et ses pensées tourbillonnaient dans sa tête.

— Tu es arrivée ici vers 4 heures? demanda-t-il une autre fois à Veronica.

— Je crois bien . . . je n'en suis pas absolument certaine. Peut-être cinq ou dix minutes plus tard. J'ai ouvert la porte, comme tu sais je possède une clé depuis longtemps déjà, et je suis entrée en l'appelant par son prénom pour lui dire que j'étais arrivée. J'ai fait quelques pas dans le hall et je l'ai aperçue gisant à terre.

— Qu'est-il arrivé ensuite?

— Pendant une minute ou deux, rien. C'était si

horrible que j'en suis restée figée. Je tremblais et j'étais bouche bée. Puis, j'ai repris mes sens. Peut-être bien que tante Cecilia s'était évanouie, cassé un bras, était tombée en se blessant mortellement... Je me suis agenouillée près d'elle et j'ai vu la blessure sur son front. Pendant un bref instant, je me suis raccrochée à l'espoir qu'elle avait simplement glissé et qu'elle s'était assommée en tombant. J'ai essayé doucement de la déplacer mais elle est restée inerte. Je ne suis pas étudiante en médecine mais je sais quand même prendre le pouls et il n'est pas difficile de voir si quelqu'un respire ou non. Il ne m'a pas fallu longtemps pour le faire. J'ai bien vu alors que tante Cecilia était morte. De toute façon, je me rendais parfaitement compte que je ne pouvais rien faire d'autre pour elle et que je devais chercher du secours le plus vite possible. J'ai cherché partout le Dr Harvie et ensuite je t'ai téléphoné.

— Tu ne sais pas comment elle est tombée?

— Absolument pas. Comme le Dr Harvie, j'ai pensé que la moquette pouvait être en cause. Évidemment, je ne l'ai pas examinée à la loupe mais, comme lui, je l'ai bien regardée quand nous sommes montés à l'étage. Je n'ai rien remarqué de particulier.

— Je me demande, fit Hugh d'un air songeur, si elle a eu une autre crise cardiaque ou bien si elle s'est sentie soudain étourdie au point de perdre l'équilibre et de tomber. Comment était-elle aujourd'hui? Y avait-il quelqu'un avec elle? Agnes a sûrement passé une partie de la journée à la maison et pourra sans doute nous renseigner là-dessus. Au fait, où est-elle? Pourquoi n'est-elle pas là?

— Elle est en congé cet après-midi.

— Mais ce n'est pas son après-midi de congé!

— Non. Normalement, c'est mercredi et aussi dimanche. Mais Agnes avait une bonne raison de prendre un autre après-midi de congé. Sa soeur Jessie, celle qui vit encore à Aberdeen, devait arriver par avion

212

aujourd'hui pour se rendre chez leur soeur mariée, Helen, qui habite du côté des Danforth. Elles avaient prévu une grande réunion de famille là-bas. Tante Cecilia était trop heureuse de lui donner congé à l'occasion de cet événement. J'avais promis de venir ici, une fois ou deux, pour voir si tout allait bien, comme je l'avais déjà fait souvent. Ce n'est pas très loin du collège et j'aime marcher.

— Tu as donc vu Cecilia ce matin?

— Oui, mais pas longtemps.

— Comment était-elle?

— Très bien, c'est du moins ce que j'ai pu constater.

— Aucun signe de fatigue, de chagrin ou d'inquiétude?

— Non. Elle était comme d'habitude. Elle avait les joues un peu plus roses peut-être mais elle était sortie et, comme tu le sais, il faisait plutôt frisquet ce matin.

— Elle est allée se promener?

— Plus que ça. Une véritable expédition. Je crois qu'elle l'avait bien préparée. Elle a pris le métro jusqu'au centre-ville . . .

Hugh l'interrompit.

— Je crois que nous l'avons vue. Mlle Rankin et moi venions tout juste de terminer le programme du lendemain et elle regardait distraitement par la fenêtre qui donne sur la rue King lorsque, soudain, elle m'a appelé pour me dire: «Regardez, n'est-ce pas Mlle Cecilia, là, sur le trottoir d'en face?» Je me suis précipité aussitôt à la fenêtre mais il y avait tellement de monde dans la rue que je n'ai distingué personne au début. Puis, j'ai aperçu une grande femme aux cheveux gris qui marchait rapidement à la manière de ta grand-tante, mais habillée d'une façon invraisemblable pour se rendre chez son courtier un lundi matin aussi triste. Je n'arrivais pas à le croire.

Veronica se pencha vers lui.

— Comment était-elle habillée?

— Je m'en souviens bien. Même un homme complètement ignorant en la matière aurait remarqué ce qu'elle portait: une grande cape rouge écarlate et un béret de velours noir, incliné sur le côté. Elle était plutôt du genre voyant.

Veronica eut un sourire triomphant.

— C'était bien tante Cecilia!

— Mais voyons, c'est impossible. Tout le monde sait que Cecilia aimait porter des vêtements coûteux et à la mode. Elle s'y sentait à l'aise et adorait qu'on la remarque ainsi habillée mais elle n'a jamais cherché le tape-à-l'oeil sauf si l'occasion s'y prêtait. Et la rue King, qu'elle considérait comme décadente, n'était certainement pas l'un de ces endroits...

Veronica hocha la tête.

— Je crois que oui et pour une raison bien spéciale. Aucun doute, elle portait cette cape. Viens dans le hall d'entrée et je vais t'en donner la preuve.

Stupéfait mais obéissant, Hugh suivit sa fille dans le hall jusqu'à la porte d'un grand placard dans lequel étaient rangés les manteaux et autres vêtements de sortie des visiteurs et des membres de la famille. Là, sur un cintre rembourré et recouvert de soie, pendait une splendide cape écarlate.

— Il me semble qu'elle l'aurait apportée dans sa chambre, ce soir, pour la ranger dans sa penderie, expliqua Veronica. Cette cape était toute neuve et elle l'aimait beaucoup. Ça fait tout drôle de la voir ainsi suspendue sur un cintre quand on sait que sa propriétaire ne la portera plus jamais!

— Je suis incapable de la regarder plus longtemps, fit Hugh d'un ton brusque en refermant la porte. Et je ne vois toujours pas en quel honneur elle la portait aujourd'hui.

Ils retournèrent en silence dans le salon et reprirent leur verre.

— C'est inconcevable, affirma Hugh d'une voix à la fois triste et inquiète. Évidemment, la pauvre femme n'est plus et ne peut dire pourquoi elle portait cette cape et ce qu'elle faisait rue King. Mais tu l'as vue, toi, même si ce n'est pas longtemps, quand elle est rentrée chez elle. A-t-elle dit la moindre chose sur ce qu'elle a fait ce matin?

— Oui et, si tu pensais un instant à tous les événements d'aujourd'hui et de demain qui vont révolutionner l'histoire de la famille Stuart, tu ne te demanderais même pas ce que ta tante faisait rue King...

— Tu veux dire à propos de la vente de Stuart & Kilgour?

— Exactement. La vente devait se faire officiellement aujourd'hui. Tu ne lui as donné aucune chance d'y participer.

— C'est faux! explosa-t-il avec indignation. La décision de vendre la compagnie n'a pas été une décision que j'ai prise tout seul. J'ai demandé à chacun d'approuver cette vente, y compris tante Cecilia. Je lui ait dit non pas une fois, mais plusieurs fois que la vente ne se ferait pas sans son consentement. Tu sais pourtant combien nous avons eu de mal à obtenir son acceptation, j'ai dû visiter la pièce où elle rangeait ses archives et me servir de tes arguments pour la convaincre que la conservation des archives familiales à Ottawa était une bien meilleure manière de perpétuer la mémoire des Stuart que de garder la distillerie. Et finalement, il m'a semblé qu'elle a donné son consentement de plein gré. Il est faux de dire ou de prétendre qu'elle n'avait rien à voir avec la vente.

Une fois encore, Veronica secoua vigoureusement la tête.

— Excuse-moi, Père, mais je me suis mal expliquée. Je ne voulais pas insinuer que tante Cecilia n'a rien eu à voir avec la décision prise. Oui, elle y a consenti. Elle a fini par accepter. Ce que je veux dire, c'est qu'elle n'a rien donné d'autre. Tu ne l'as pas invitée à participer plus étroitement à cette vente qui est certainement la plus grande transaction jamais effectuée dans toute l'histoire des Stuart.

Hugh regarda sa fille d'un air complètement dérouté.

— Je ne comprends pas, finit-il par dire. Qu'aurais-je pu faire d'autre?

— Tu aurais pu lui donner l'occasion de faire connaissance avec ces Américains qui sont sur le point d'acheter Stuart & Kilgour. J'avoue qu'il aurait été difficile et même embarrassant pour elle d'être invitée à la réunion que tu dois tenir demain, même si elle détenait le plus grand nombre d'actions après toi. Elle croyait fermement à cette tradition victorienne qui veut que les hommes prennent seuls les décisions financières. Elle ne serait pas allée, de toute façon, à cette conférence demain matin. En revanche, je suis sûre qu'elle aurait aimé rencontrer les trois Américains qui vont y participer. En tant qu'homme d'affaires — et Dieu sait que tu n'es pas un cas typique — tu as tendance à croire que Stuart & Kilgour n'est qu'une compagnie comme les autres. Elle voyait les choses sous un angle complètement différent. Pour elle, c'était une succession de personnes qu'elle chérissait: son père, son frère, son neveu. Pour elle, les administrateurs étaient ce que la compagnie avait de plus précieux. Elle a cru ou supposé que ces étrangers ne seraient pas aussi bien ni aussi distingués que les représentants des trois dernières générations de Stuart. Elle voulait au moins s'assurer que ces gens-là ne jetteraient pas le discrédit sur le nom des Stuart. Elle voulait les voir, leur parler un peu, les connaître. Elle voulait s'assurer qu'elle avait bien fait de donner son consentement. Et tu ne lui as laissé aucune chance de le faire.

Hugh écoutait la tirade accusatrice de Veronica tout en reconnaissant avec chagrin qu'elle avait raison.

Il était exact qu'une grande compagnie traitait avec d'autres grandes compagnies d'une façon tout à fait impersonnelle. Lui-même, Hugh Stuart, président de Stuart & Kilgour, n'avait rencontré et parlé qu'à deux reprises avec l'éventuel acheteur de la compagnie. Pettigrew ne lui avait même pas présenté ses deux associés: MM. Ericsen et Papadopoulos. C'est ainsi que se passaient, partout dans le monde des affaires, la plupart des grandes transactions. Mais ce n'était certainement pas dans cet esprit que Stuart & Kilgour avait grandi. Tante Cecilia avait pleinement confiance dans la compagnie parce qu'elle était gérée par des personnes qu'elle connaissait et qu'elle aimait, mais pouvait-elle se fier à des Américains dont elle ne savait rien et qu'elle n'avait même jamais rencontrés?

Il se rappela, à son grand désarroi, que tante Cécilia avait plusieurs fois essayé d'obtenir de lui des informations sur les acheteurs éventuels. Il avait pu, néanmoins, lui donner une description assez détaillée et très favorable de Pettigrew lui-même. Elle en avait été rassurée, c'était certain. Mais, après tout, il ne s'agissait là que d'une simple description en termes plutôt vagues. S'il avait présenté Pettigrew à sa tante, elle n'aurait pu qu'être charmée par l'intelligence, les connaissances et l'éducation de l'Américain. Mais il n'avait jamais songé à ménager cette entrevue et, de toute manière, pensa-t-il pour se justifier, il n'en avait pas eu beaucoup le temps ni l'occasion.

Il n'aurait même pas eu la possibilité de lui présenter les deux associés de Pettigrew puisqu'ils étaient arrivés à Toronto la veille. Il se rappelait bien que sa tante lui avait posé des questions, à plusieurs reprises, sur les associés inconnus mais puissants de Pettigrew et qu'il n'avait rien pu lui dire. Il n'avait pu que la rassurer en lui disant que son frère Christopher et son beau-frère Orville seraient à ses côtés lors de la rencontre du lendemain avec ces mystérieux Américains et qu'il ne concluerait pas la vente s'ils n'étaient pas des gens honorables et de bonne éducation. Il n'avait rien pu faire de mieux dans les circonstances pour apaiser les doutes et les inquiétudes de sa tante. Mais il était clair que cela n'avait pas suffi à la vieille dame qui avait décidé de constater de visu. C'était certainement inhabituel de sa part et peut-être pas très digne mais elle s'était mis dans la tête de se rendre à l'hôtel où étaient descendus les Américains; elle voulait présenter sa carte à un chasseur pour prier ces messieurs de descendre dans le lobby afin d'avoir un entretien avec elle. Elle ne voulait pas avoir l'air d'une ennuyante et vieille grand-mère faisant des chichis mais plutôt d'une femme à la page, encore active et très renseignée. Elle avait choisi de porter cette cape rouge écarlate dans l'intention évidente de se faire remarquer. Ainsi vêtue, elle se sentait pleine de confiance en elle-même. C'était peut-être la plus grande manifestation de son caractère fier et indépendant.

Hugh hocha la tête d'un air coupable.

— Oui, dit-il, j'ai toujours admiré le courage et l'esprit d'indépendance de tante Cecilia. Mais j'aurais préféré qu'elle ne choisisse pas ce jour-là pour en faire la démonstration. Je regrette ne pas avoir songé à l'inviter à déjeuner ou à dîner, la veille de la vente, ainsi que Pettigrew et ses associés, tante Emily, toi, Charles — toute la famille à vrai dire — pour que tous les intéressés se rencontrent et fassent connaissance. Rien n'aurait pu être plus approprié en l'occurrence puisque, en vérité, il s'agissait de la vente d'une entreprise familiale. Cela aurait été plus sage. Mais voilà je n'y ai pas pensé malgré ses allusions évidentes. Je ne comprends pas comment j'ai pu ne pas m'en rendre compte. Ma seule excuse est qu'il m'a fallu beaucoup de temps pour obtenir le consentement de toute la famille et en particulier celui de tante Cecilia; je ne pouvais supporter l'idée d'un délai ou d'un ajournement. Je n'en voyais pas la nécessité. Pendant tout ce temps, mon désir de vendre la compagnie et d'en être quitte une fois pour toutes n'avait fait que croître. C'était devenu une obsession.

— Moi aussi j'étais obsédée, ajouta Veronica d'une voix éteinte. Je voulais acheter ce théâtre. J'ai téléphoné à Dimitrios ce matin. Il semble que mon concurrent soit venu samedi matin pour surenchérir de cinquante mille dollars. J'ai demandé à Dimitrios de patienter jusqu'à demain matin et je lui ai dit que je viendrais le rencontrer au théâtre pour lui faire une nouvelle offre. Le million que tu as fait verser à mon compte ce matin n'est plus suffisant maintenant. Mais comme demain la vente de Stuart & Kilgour deviendra un fait accompli, je pourrai disposer de l'autre million que tu m'as promis.

Hugh soupira avec lassitude. L'après-midi avait été trop mouvementé pour lui. La mort tragique de sa tante, la vision de son corps sans vie, sa conversation avec le médecin, les dispositions à prendre pour les funérailles, les explications de Veronica quant à la venue de tante Cecilia rue King et le remords que lui causaient son incapacité et son impuissance à satisfaire aux exigences pourtant simples de sa tante, exigences qui n'étaient que politesse en fait . . . toutes ces choses lui pesaient lourdement. Il était capable de comprendre l'impatience de Veronica qui voulait obtenir sa part des millions de Pettigrew. Il avait lui-même avoué que la signature rapide du contrat de vente l'obsédait sans répit. Mais, compte tenu des circonstances, tout ce qu'elle disait lui semblait d'un égoïsme sans bornes.

— Tu auras ton argent à temps, lui répondit-il d'un ton sec. La réunion aura lieu demain matin dans la salle de conférences, comme prévu. Cela aurait pu se passer différemment si tante Cecilia n'avait pas prisé Ericsen et Papadopoulos et si elle avait décidé de retirer son consentement. J'aurais probablement reçu sa visite ou un coup de téléphone ce soir, qui aurait tout changé. Mais, maintenant, nous ne saurons jamais ce qu'elle pensait, du moins nous ne l'apprendrons jamais d'elle. Tu lui as parlé après sa rencontre avec Ericsen et Papadopoulos, est-ce qu'elle t'a dit quelque chose? Elle ne t'aurait sans doute pas tout dit, convaincue, que c'était à moi, le président de la compagnie, de prendre connaissance de tous les détails de sa visite, mais elle t'a certainement livré ses premières impressions. A-t-elle dit quelque chose de particulier?

— Rien de très détaillé. Souviens-toi que je n'avais pas beaucoup de temps. Je devais retourner au collège pour une entrevue déjà prévue avec l'un de mes professeurs d'anglais et grand-tante Cecilia aidait Agnes à préparer le déjeuner. Souviens-toi aussi qu'Agnes allait s'absenter tout l'après-midi pour se rendre chez sa soeur. Nous avions toutes quelque chose à faire et nous étions préoccupées.

— Mais a-t-elle parlé de sa rencontre avec les Américains?

— Oui, un peu.

— Était-ce favorable?

Veronica se mit à ricaner.

— Grand-tante Cecilia n'a jamais beaucoup aimé les Américains, n'est-ce pas, Père? Tu te souviens que, dès sa tendre enfance, elle s'était mis dans la tête que les Américains, ceux de l'Ouest en particulier, étaient des gens sans éducation. Par malchance, Ericsen semble être le type même du Suédois habitant le Minnesota. Il est grand, décharné, avec des lèvres qui ne sourient jamais et des yeux pénétrants. Grand-tante Cecilia ne l'a pas beaucoup aimé bien qu'il ait été très affable à son endroit. C'est lui qui est allé chercher du café et des petits gâteaux à l'un des restaurants de l'hôtel.

— Et Papadopoulos?

— De toute évidence, il est le Grec par excellence. Grand-tante Cecilia m'a laissé entendre qu'il en était presque caricatural. Un homme plutôt gros, habillé d'une manière extravagante, avec des bijoux partout dont une grosse alliance. Il a un sourire doucereux et des manières un peu trop cérémonieuses. Il s'est comporté avec elle, c'est ce qu'elle m'a dit, comme si elle était une marquise, ce qui lui ressemble bien quand elle prend ses grands airs.

Hugh éclata de rire.

— Oui, c'est certain. Ta grand-tante a toujours su très bien décrire les personnes qu'elle rencontrait surtout celles qu'elle n'aimait pas beaucoup! Je n'ai pas encore rencontré les associés de Pettigrew mais je peux presque les voir maintenant et imaginer l'effet qu'ils ont eu sur tante Cecilia. Pas très favorable sans doute. On peut même affirmer qu'il n'a pas été favorable. Mais ce n'est pas là le point le plus important. Est-ce que tante Cecilia considérait Ericsen et Papadopoulos comme des gens un peu gauches en société mais néanmoins acceptables comme associés au sein de la future compagnie Stuart & Kilgour? Ou bien voyait-elle en eux deux hommes d'affaires d'une honnêteté douteuse à qui, pour rien au monde, il ne fallait donner la possibilité de faire ce qu'ils voulaient avec le nom et le prestige d'une des plus vieilles entreprises canadiennes?

Veronica se mit à rire.

— Non, elle ne m'en a pas tant dit. À toutes fins pratiques, Ericsen et Papadopoulos lui ont déplu et elle n'aurait certainement pas tenté de se lier d'amitié avec eux s'ils avaient décidé de s'installer à Toronto, ce qui ne sera sans doute pas le cas. Elle a simplement dit ce qu'elle pensait d'eux sur le plan social. La décision qu'elle avait prise vendredi dernier tenait toujours. Elle avait alors donné son consentement et ne l'a pas retiré aujourd'hui.

Hugh se leva pour se dégourdir les jambes.

— Alors, tout va bien. La réunion aura lieu demain comme prévu et il y aura également d'autres choses importantes à faire. On va bientôt ramener son corps à la maison et il y aura beaucoup de visiteurs et de fleurs. Nous devons prendre les dispositions nécessaires avec tous les autres membres de la famille ainsi qu'avec le service des pompes funèbres pour accueillir toutes ces personnes. Veux-tu t'en occuper, Veronica? Elizabeth te donnera un coup de main.

— Entendu, Père.

— Bien, c'est réglé. Mon Dieu, je me sens épuisé. Je vais repartir tout de suite chez nous. Veux-tu que je te ramène aussi?

— Non, merci, Père! J'ai déjà eu suffisamment d'émotions aujourd'hui, plus que toi peut-être. Je n'ai pas le courage de raconter encore une fois toute cette histoire à Mère et à Charles. Je vais retourner au collège pour me reposer et peut-être pour dormir.

Chapitre 7

Malgré le chagrin et le remords qui l'oppressaient, Hugh se mit à réfléchir à l'étrange contraste entre le repas familial plus solennel de ce soir et la petite fête joyeuse qui les avait réunis le samedi soir précédent. À ce moment-là, tante Cecilia était en vie et en parfaite santé. Tout le monde s'était alors félicité qu'elle ait consenti à la vente de Stuart & Kilgour. Et maintenant, moins de 48 heures plus tard, elle était morte. De plus, bien que Veronica lui ait affirmé que la vieille dame n'avait pas changé d'avis, il n'en était pas très convaincu. Son expédition jusqu'à la rue King indiquait clairement que, jusque dans les dernières heures de sa vie, elle avait continué d'entretenir des doutes et des incertitudes sur le bien-fondé de la vente. Elle avait voulu se rendre compte par elle-même, puisqu'on ne lui avait pas laissé le choix, qu'Ericsen et Papadopoulos étaient des gens comme il fallait pour assurer l'avenir de Stuart & Kilgour.

C'était vraiment une malchance, pour ne pas dire une erreur de jugement, que tante Cecilia n'ait pas rencontré Pettigrew. Hugh était à peu près certain que ce dernier lui aurait beaucoup plu. De toute évidence, Ericsen et Papadopoulos n'y étaient pas arrivés. Mais est-ce que le jugement de tante Cecilia avait été uniquement fondé sur une présomption sociale; cela était possible quand on connaissait l'aversion instinctive de sa tante pour ces personnes qu'elle considérait mal élevées et sans distinction? Ou bien était-ce quelque chose de plus fondamental, voulait-elle remettre en cause son consentement? Il avait interrogé Veronica à ce sujet et il en était encore troublé. Veronica lui avait affirmé que Cecilia n'avait pas changé d'idée. Mais le récit que lui avait fait sa fille de la conversation qu'elle avait eue avec sa grand-tante laissait Hugh insatisfait même s'il était exact. Comme il aurait aimé parler lui-même à tante Cecilia! Mais elle était morte maintenant.

Ce soir-là, le repas familial dura beaucoup plus longtemps que les réunions de ce genre. Hugh dut raconter sa version de l'événement tragique, depuis le moment où il avait entendu la voix émue de sa fille au téléphone jusqu'au récit de Veronica décrivant sa brève visite dans la matinée à Admiral Road. Elizabeth et Charles l'écoutaient en silence et d'un air ébahi. Ils aimaient beaucoup tante Cecilia. Elizabeth le faisait à sa manière pleine de chaleur, tandis que Charles lui était très dévoué quoique d'une manière moins évidente que sa soeur. Pour eux, tante Cecilia avait été une femme douce et aimante, d'une grande générosité. Ils l'admiraient non seulement pour les défis qu'elle relevait et pour sa curiosité intellectuelle, mais aussi pour son respect absolu des normes sociales et morales acquises pendant sa jeunesse. Deux fois pendant le long récit de Hugh, Elizabeth se mit à pleurer à chaudes larmes. Charles était visiblement bouleversé par la description que leur fit Hugh de la vieille dame, revêtue de sa belle robe, gisant visage contre terre, au pied de l'escalier.

La conversation se poursuivit tout au long du dîner et jusque dans le salon où ils prirent le café. Ils étaient toujours en train de discuter de l'événement et de chercher une explication à la tragédie lorsque la domestique revint chercher le plateau à café. Elle le prit et resta là, un moment, comme si elle hésitait.

— M. Stuart, dit-elle enfin, avez-vous vu la lettre que j'ai posée sur votre bureau, cet après-midi?

Hugh fit un signe de tête négatif.

— Non, je ne suis pas allé dans la bibliothèque depuis mon retour à la maison. Une lettre spéciale? Est-ce qu'elle se trouvait dans le courrier du matin?

— Non, Monsieur. On vous l'a apportée, au milieu de l'après-midi.

— Vous connaissez la personne qui est venue?

— Non, mais vous savez, je ne travaille pas ici depuis longtemps. C'était une femme d'un certain âge qui parlait avec un accent écossais.

Hugh la regarda sans comprendre pendant quelques secondes.

— Bon sang, s'écria-t-il soudain, je me demande si ce n'est pas Agnes, Agnes Neilson, la gouvernante de tante Cecilia?

— Je vais vous apporter cette lettre, Monsieur.

— Non, laissez. J'irai la chercher moi-même.

Hugh se précipita dans la bibliothèque. Là, posée sur une boîte de trombones, se trouvait la lettre. Un coup d'oeil lui suffit pour reconnaître l'écriture de sa tante. C'est d'un air inquiet qu'il revint rapidement au salon.

— C'est une lettre de tante Cecilia, lança-t-il d'une

voix tendue. Je reconnais son écriture. Comme si c'était la voix d'une morte! Qu'est-ce qu'il y a dedans? Pourquoi ne m'a-t-elle pas téléphoné?

— Il n'y a qu'un seul moyen de le savoir, s'exclama Charles d'un ton sec.

— Évidemment. Je crois que je deviens superstitieux. Mais la journée a été si dure. Je vais lire cette lettre à haute voix, tout de suite. Je suis heureux que vous soyez tous les deux là...

«Mon très cher Hugh , commençait la lettre.

—C'est avec beaucoup de peine et de regret que je t'écris ces lignes. J'ai bien peur qu'elles n'influent sur tes projets et qu'elles retardent ou même empêchent ta retraite des affaires Bien que je regrette la déception que je vais te causer, je veux cependant m'expliquer. Il est clair également que je dois le faire aujourd'hui car, si j'ai bien compris, la vente que je ne peux m'empêcher de déplorer aura lieu demain matin. Je me rends parfaitement compte qu'il serait plus approprié de te dire mon opinion de vive voix, soit en te rendant visite au bureau, soit par téléphone, mais, comme tu as pu le constater dernièrement, mes émotions prennent vite le dessus et m'empêchent d'exprimer rationnellement mon point de vue. Tu sais également que je déteste me servir du téléphone quand il s'agit de choses importantes et que d'ailleurs je n'aime pas déranger un homme d'affaires dans son travail. Cependant, je crois que je dois t'envoyer cette lettre et le faire immédiatement avant qu'il ne soit trop tard. Tu la recevras chez toi par l'entremise d'Agnes Neilson qui se rend cet après-midi chez sa soeur.

Ce matin, je suis allée rendre visite aux acheteurs éventuels de notre entreprise. J'avoue que ce n'est pas très digne et que cela ne se fait pas, mais je ne voyais aucun autre moyen de satisfaire ce que je crois être une curiosité légitime. Tu n'avais rien prévu pour présenter ces visiteurs des États-Unis aux membres de notre famille. C'est un oubli regrettable, soit, mais j'en comprends fort bien les raisons. Tu m'avais affirmé que tu ne vendrais pas la compagnie sans l'approbation de toute la famille. Tu as demandé le consentement de chacun et tu l'as obtenu, y compris le mien que j'ai donné à contrecoeur. À ta manière, je crois, tu avais présumé que tous les préliminaires étaient donc réglés et que tu pouvais procéder immédiatement à la vente. J'ai essayé de me persuader que tout était dans l'ordre et que la vente profiterait à toute la famille et ne nuirait pas au prestige de notre nom. Mais j'avais encore des craintes et des incertitudes. Finalement, je n'ai pu résister plus longtemps. J'ai alors décidé, puisque le temps manquait pour faire les présentations dans un endroit convenable, chez toi, par exemple, que j'irais moi-même leur rendre visite à leur hôtel qui, comme tu me l'avais dit, était le Royal York. C'était certainement un geste inconvenant de ma part mais je ne parvenais pas à me contrôler. Je pensais que je devais me rendre compte par moi-même de la personnalité des acheteurs éventuels de Stuart & Kilgour.

Je n'ai pas besoin de raconter ici dans le détail cette visite. Deux seulement, des représentants, MM. Ericsen et Papadopoulos, vinrent me rencontrer dans le hall de l'hôtel. Ils m'informèrent que M. Pettigrew s'était rendu à ton bureau pour une dernière entrevue préliminaire. J'ai regretté son absence car tu m'avais dit beaucoup de bien de lui. Même si sa présence aurait peut-être modifié quelque peu mon opinion sur le groupe en général, je ne crois pas qu'elle m'aurait permis de changer mon jugement final sur l'opportunité de confier Stuart & Kilgour à leurs soins.

Je n'ai pas à me plaindre de la façon dont m'ont reçue MM. Ericsen et Papadopoulos. Ils ont été très polis. M. Papadopoulos est très démonstratif et M. Ericsen maladroit comme s'il en était à ses premières civilités. Je sais que j'ai un préjugé à l'égard des Américains de l'Ouest. M. Ericsen, en fait, m'a paru être un représentant typique de cette espèce. Quant à M. Papadopoulos, il ressemble à un Méditerranéen ordinaire, gros, habillé de façon plutôt vulgaire et trop prévenant.

Je me hâte d'ajouter que l'apparence de ces deux personnages, bien qu'elle ne m'ait pas spécialement satisfaite, n'a pas été le facteur décisif qui m'a fait changer d'idée sur leurs capacités de prendre la succession de Stuart & Kilgour. Mes raisons sont plus profondes. C'est leur personnalité même que je mets en doute. Je m'interroge sur leur fidélité à la grande tradition de Stuart & Kilgour. Je ne crois tout simplement pas qu'ils voudront conserver la qualité que les Stuart ont maintenant pour leurs produits. En un mot, je ne crois pas en leur honnêteté.

Je me rends bien compte, dans les circonstances, que je ne peux apporter de preuves de mes doutes et mes soupçons, mais cela ne diminue en rien ma conviction que ces deux hommes ne sont pas honnêtes. C'est pourquoi je n'ai plus qu'une chose à faire : je dois retirer mon consentement à la vente de Stuart & Kilgour au groupe dirigé par M. Pettigrew. Je sais que ce refus arrive bien tard, à un moment inopportun, qu'il est lourd de frustrations pour toi et qu'il te causera une grande déception. Tu ne peux savoir à quel point je suis désolée de te causer tant de peine mais je dois le faire parce que je sais que j'ai raison. »

Un lourd silence tomba. Elizabeth, les traits tirés et les yeux presque hagards, regardait fixement le mur opposé. Soudain, elle se pencha et enfonça son visage dans l'un des coussins du canapé d'où sortit aussitôt le bruit étouffé de ses sanglots. C'en était trop pour Hugh. Il s'agenouilla près du canapé et posa doucement sa main sur l'épaule d'Elizabeth. Elle se calma un peu et releva la tête. Des larmes coulaient le long de ses joues.

— Non, non et non! s'écria-t-elle en colère. Ce n'est pas possible! Je ne laisserai pas cette horrible vieille femme ruiner ta vie!

— Ce n'est pas une horrible vieille femme, intervint Hugh doucement, et tu n'as jamais pensé qu'elle l'était. Elle est morte maintenant.

— Elle est peut-être morte mais non sans avoir tout fait pour te condamner aussi à mort. Pourquoi devrais-tu arrêter la vente maintenant, au moment où elle est sur le point de se conclure? Simplement parce qu'une vieille femme n'aime pas les Américains et qu'elle a encore changé d'avis à la dernière minute?

— Je suis d'accord avec Maman!

Charles n'avait pas dit grand-chose durant toute cette lugubre soirée, mais la lecture de la lettre de tante Cecilia l'avait profondément bouleversé et la tirade de sa mère l'incita à parler.

— Les désirs d'une personne décédée doivent normalement être considérés comme des ordres. Pourtant, nous connaissons tous l'anti-américanisme de tante Cecilia et je crois que cette lettre n'est qu'une manifestation de son aversion, suscitée par sa rencontre avec les deux Américains, elle aurait fini par la surmonter. D'ici 24 heures, elle aurait regretté cette lettre absurde et hautement émotive pour changer encore d'avis. C'est une malchance stupide qu'elle n'ait pas vécu assez longtemps pour le faire.

— Charles a raison, ajouta Elizabeth d'une voix

pressante. Hugh chéri, tu ne dois pas tenir compte de cette longue lettre qui n'a pas de sens. Elle l'aurait regrettée si elle vivait encore. Tu ne dois pas être l'innocente victime de sa mort tragique. Elle t'a donné son consentement de plein gré, il y a quelques jours à peine. Si elle n'était pas morte, elle te l'aurait vraisemblablement confirmé.

Hugh resta sans rien dire pendant un long moment, la lettre entre les mains, perplexe et indécis. Il souhaitait désespérément, davantage pour Elizabeth que pour lui-même, que sa femme et son fils aient raison. Leurs arguments étaient plausibles compte tenu de l'émotivité bien connue de tante Cecilia et de ses préjugés notoires. De toutes ses forces, il voulait y croire mais son rationalisme et son esprit logique l'en empêchaient.

— Elizabeth, fit-il d'une voix angoissée, je voudrais que ce que tu dis soit vrai. Qui le voudrait plus que moi? Si la vente se fait, j'en suis le grand bénéficiaire; si elle ne se fait pas, c'est moi qui en souffrirai le plus. J'ai toutes les raisons de croire qu'elle a écrit cette lettre dans un état de crise que personne ne prendrait vraiment au sérieux. Mais j'en suis venu pourtant à la conclusion que je dois en tenir compte. Cecilia a vraiment dit ce qu'elle pensait dans sa lettre comme elle l'avait fait lors de son intervention au conseil de famille l'autre soir.

— Non, Hugh, rétorqua Elizabeth avec force. Je ne le crois pas. Cette lettre ne vaut pas plus que son intervention de ce soir-là. Elles représentent toutes deux l'indécision de Cecilia. Elle avait changé une première fois d'avis et l'avait regretté. Elle l'aurait fait une seconde fois et l'aurait regretté tout aussitôt si elle ne s'était pas tuée.

— Je voudrais bien le croire, répondit Hugh avec lenteur, mais j'en suis incapable. C'est une erreur, je crois, de penser que tante Cecilia ait changé d'idée spontanément et qu'elle ait rapidement exprimé ses regrets pour ce qu'elle avait dit lors de la réunion de famille. Elle ne l'a pas fait. Elle a accepté à contrecoeur. Il était clair dès le début, même si j'ai tenté d'en minimiser l'évidence, qu'elle avait des doutes et des incertitudes sur le bien-fondé de cette vente. Vous vous souvenez certainement, tous les deux, que lorsqu'elle avait donné son consentement au début de la soirée, elle l'avait surtout fait en reconnaissance du travail effectué par mon père et moi-même, pour nous remercier de ce que nous avions accompli pour l'entreprise familiale. Rappelez-vous qu'elle a dit: «C'est Hugh et son père qui ont fait de Stuart & Kilgour l'entreprise qu'elle est devenue et je crois que Hugh a le droit de disposer à son gré de son bien.» Elle l'a bien dit mais pendant tout ce temps, elle devait être saisie d'horreur à l'idée de cette vente et elle l'a bien montré quand elle a fini par exploser, ce qui a mis fin à la soirée.

— Mais elle est revenue là-dessus par la suite, répliqua Elizabeth avec entêtement. Elle a donné son consentement. Tu nous as même dit qu'elle l'avait fait de plein gré!

— Oui, affirma-t-il tristement, elle a fini par donner son consentement mais je ne crois pas qu'elle l'ait fait par conviction personnelle mais plutôt parce que Veronica et moi l'y avons poussée.

— Qu'y a-t-il de mal à cela? demanda Elizabeth d'une voix tranchante.

— Rien du tout, ma chérie, si nous nous en étions tenus à la vente et à ses avantages. Mais nous ne l'avons pas fait. Nous avons fait appel à des arguments qui n'avaient rien à voir avec la vente proprement dite. Ce sont la visite du conservateur des archives nationales et le transfert prochain de la collection des documents de famille rassemblés par tante Cecilia qui nous ont inspiré une stratégie différente. C'est Veronica qui y a pensé la première et, moi, j'ai suivi sans plus.

«Nous nous sommes efforcés de persuader tante Cecilia que le legs des documents des Stuart aux Archives nationales ferait davantage pour le prestige de notre famille que la réputation de nos distilleries de Toronto. Et aussi qu'elle pouvait cautionner la vente de Stuart & Kilgour sans entacher la réputation internationale des Stuart. C'était un argument plausible qui parut alors la convaincre mais, en réalité, comme je le constate maintenant, il comportait une sérieuse faille qui dut la frapper tout de suite. Notre argumentation reposait sur le fait que les archives de la famille et l'entreprise familiale étaient deux entités distinctes et interchangeables. Malheureusement, elles ne l'étaient pas dans son esprit et ne pouvaient être séparées. Les archives contiennent l'histoire de Stuart & Kilgour. Si la compagnie cesse d'être une société canadienne, ces documents perdent beaucoup de leur signification.

— Tout cela, c'est trop subtil pour moi, dit Elizabeth d'une voix fatiguée. Veux-tu ainsi prétendre que tu as gagné sa confiance avec de fausses allégations et qu'elle était pleinement en droit d'opposer son refus à la vente?

— Oui, répondit Hugh d'une voix éteinte. Je le ressens de cette façon.

— Et tu ne procéderas pas à la vente?

— Je ne vois pas comment je pourrais le faire maintenant?

— Tu ne parles pas sérieusement, j'espère, lança Charles complètement décontenancé. C'est impossible que tu te refuses de faire la chose que tu souhaites le plus parce qu'une vieille femme a écrit un tas d'absurdités!

— Je ne pense pas que ce soient des absurdités. Je crois plutôt que cette lettre révèle le fond de sa pensée. Elle a retiré son consentement. C'était sa dernière volonté. Je ne peux passer outre.

Elizabeth se leva d'un bond, proche des larmes.

— Je ne supporte plus cette discussion, dit-elle d'une voix brisée. Je vais me coucher.

Charles resta silencieux, assis dans son fauteuil, pendant une minute, tout en regardant son père d'un air incrédule, puis, après un bref «Bonne nuit», quitta également le salon.

Hugh demeura seul. Comme il aurait souhaité maintenant que Pettigrew ne soit jamais venu le voir à son bureau de la rue King et qu'il n'ait jamais entendu parler de l'offre de ce dernier d'acheter Stuart & Kilgour! Cette proposition ne lui avait apporté que tourments, déceptions et rancoeurs. S'il l'avait acceptée de sa propre volonté parce qu'il était de loin l'actionnaire majoritaire de Stuart & Kilgour, il aurait probablement offensé oncle Christopher et très certainement éveillé l'hostilité de tante Cecilia. Pour éviter cela, il avait essayé de persuader sa tante et d'obtenir l'approbation collective de la famille. Sa tentative s'était soldée par un échec.

C'est Veronica qui lui avait suggéré la stratégie à suivre pour obtenir le consentement apparent de tante Cecilia. C'est Veronica qui lui avait affirmé, en dépit de la visite de tante Cecilia à Ericsen et à Papadopoulos et du jugement qu'elle avait porté sur eux, que cette dernière n'avait pas retiré son consentement. Petit à petit, quelque chose qui était enfoui au plus profond de lui-même, qu'il ne pouvait définir et tentait de réprimer commençait à prendre forme et à s'imposer à son esprit. C'était la contradiction flagrante qui existait entre ce que sa tante Cecilia avait écrit d'une façon si définitive dans sa lettre et le récit que Veronica lui avait fait de sa dernière conversation avec sa grand-tante un peu avant la mort de celle-ci. On pouvait certainement trouver une explication simple. Tante Cecilia pouvait avoir changé d'avis et s'être renforcée dans son idée après le départ de Veronica. Ses préjugés envers MM.

Ericsen et Papadopoulos que Veronica lui avait rapportés fidèlement, étaient peut-être devenus si puissants entre-temps qu'elle avait décidé de mettre fin à toute transaction avec eux.

En fin de compte, malgré tous ces efforts, ces délais, ces tentatives de persuasion, la vente n'aurait donc pas lieu. La réunion de demain matin avorterait avant même d'avoir commencé. Il devait informer oncle Christopher de la lettre de tante Cecilia, de ses effets dévastateurs et l'inviter ainsi qu'Orville à assister à une entrevue particulière, une demi-heure avant l'arrivée des Américains. Hugh se retira dans la bibliothèque où il resta longtemps au téléphone. C'est seulement à la lecture de la lettre que l'incrédulité d'oncle Christopher disparut. Hugh parla beaucoup moins longtemps avec Orville, se contentant de lui dire que les Stuart devaient se réunir entre eux avant la réunion de demain matin avec les acheteurs.

Il reposa le récepteur et resta prostré dans son fauteuil, contemplant les portraits devant lui. Il songea encore une fois et avec une conviction accrue à la force, à l'inviolabilité du passé des Stuart et au danger qu'il y avait de vouloir s'en libérer.

II

La salle de conférences de Stuart & Kilgour se trouvait au fond du long corridor sur lequel s'ouvraient les bureaux des directeurs de la compagnie, des secrétaires, des dactylos et des employés. C'était une grande pièce rectangulaire, avec de grandes fenêtres sur deux côtés offrant une vue splendide sur la basse-ville, le dédale des gratte-ciel, les voies ferrées et les autoroutes, le port, la baie et les îles un peu plus loin. Le temps avait encore changé; il était chaud et ensoleillé. La lumière jouait sur le verre, le métal et la pierre des édifices et sur les eaux bleutées de la baie.

Hugh, Orville et oncle Christopher s'étaient installés à l'une des extrémités de la longue table. Orville venait de prendre connaissance de la lettre de tante Cecilia. Hugh s'était attendu à une violente explosion de colère de sa part, il pensait qu'il se lancerait dans une diatribe contre les stupides sautes d'humeur des femmes aux conséquences désastreuses pour les affaires. En fait, Orville ne dit rien et demeura étrangement silencieux. De toute évidence, il était bouleversé. La mort était une des rares choses qu'Orville craignît ou respectât. Il savait qu'il vieillissait et la pensée de la mort, même celle de sa belle-soeur, le terrifiait. Il convint, dans un murmure, que tout le processus de la vente devait être arrêté.

Les trois hommes, silencieux et abattus, sursautèrent quand ils entendirent sonner le téléphone. C'était Mlle Rankin qui leur annonçait l'arrivée des visiteurs américains. Hugh bondit, ouvrit la porte et s'avança à leur rencontre. Pettigrew, courtois et affable comme à l'accoutumée, était en tête. Hugh les fit entrer dans la salle de conférences et présenta chacun d'eux.

Hugh avait passé plus d'une heure, pendant cette nuit sans sommeil, à étudier la meilleure façon de présenter cette nouvelle inattendue et étonnante. Finalement, il avait constaté qu'il n'avait aucun moyen d'atténuer le choc de sa déclaration et qu'il était préférable d'en informer ses visiteurs le plus rapidement et le plus simplement possible.

— Messieurs, commença-t-il. J'ai deux mauvaises nouvelles à vous annoncer. La première est le décès de ma chère tante Cecilia qui a succombé à une crise cardiaque provoquée par une chute dans l'escalier de sa maison.

On entendit quelques mots embarrassés de condoléances.

— Je vous parle de son décès, continua-t-il, non seulement parce que tous les membres de la famille y pensent en ce moment, mais aussi parce que tante Cecilia était directement concernée par la transaction de ce matin. Peu avant sa mort, elle a rédigé une lettre de sa propre main pour retirer son consentement à la vente de la compagnie. Comme je l'ai dit à M. Pettigrew et comme il n'a certainement pas manqué de vous le dire, j'avais expressément stipulé que la vente de Stuart & Kilgour ne pourrait se faire sans le consentement unanime de toute la famille. Donc, au dernier moment, un membre éminent de notre famille et en même temps un actionnaire important de notre compagnie a retiré son consentement. Je ne saurais vous dire combien je regrette cette décision soudaine. Depuis que M. Pettigrew m'a fait sa proposition j'étais moi-même prêt à l'accepter. Je ne souhaite rien d'autre que procéder maintenant à cette vente mais je ne peux le faire contre la dernière volonté de ma tante.

Personne ne dit mot pendant une longue minute. Pettigrew s'enfonça dans son fauteuil, fixant la table d'un air absent. Un léger sourire se dessinait sur les grosses lèvres de M. Papadopoulos qui semblait presque s'amuser de ce contretemps.

— Vous ne pouvez pas nous faire ça, dit Ericsen d'une voix menaçante. Vous ne pouvez vous retirer maintenant. Vous vous êtes engagé envers nous.

Pour la première fois peut-être, Hugh dévisagea attentivement Wayne Ericsen. Les deux autres associés attiraient certainement l'attention mais Ericsen paraissait insignifiant. Hugh se rappela que tante Cecilia l'avait décrit comme un véritable Américain de l'Ouest. C'était un homme de haute stature, plutôt maigre, avec un physique osseux et des cheveux poivre et sel en désordre. Des rides sillonnaient son visage, ses yeux étaient rusés et ses lèvres serrées. Ses manières contrastaient étrangement avec celles de ses deux associés, plus amènes. Il portait un complet gris de coupe ordinaire que l'usure rendait luisant par endroits et qui différait grandement des vêtements bien coupés de ses associés.

— Vous dites que je ne peux me retirer de la vente? répondit Hugh avec impatience. Vous me dites que je m'y suis engagé? Ce n'est pas vrai. Je n'ai pris aucun engagement envers vous. Pettigrew et moi avons eu deux entretiens privés. Il ne s'est rien passé d'autre entre nous. Nous n'avons échangé aucune lettre d'intention. Je ne me suis engagé à rien du tout. N'est-ce pas, Pettigrew?

— C'est exact!

— Je n'en voulais pas moins procéder ce matin à la

vente de Stuart & Kilgour. Ma tante a retiré son consentement à la dernière minute, c'est la seule chose qui m'a empêché de le faire de façon définitive.

Ericsen réfléchit pendant un instant d'un air soupçonneux.

— Dites-moi, lança-t-il d'une voix accusatrice, n'est-ce pas votre tante qui est venue me voir ainsi que Papadopoulos à l'hôtel, hier matin?

— Oui, c'était ma tante.

— C'est bien ce que je pensais et je suis prêt à parier la raison de sa visite. Elle est venue afin de s'assurer que nous étions de niveau social convenable pour nous laisser prendre le contrôle de Stuart & Kilgour. Elle a été d'une grande politesse, je présume qu'on appelle ça de la classe. Et, sans aucun doute, elle nous a jugés de trop basse classe pour elle. De toute façon, je ne l'ai pas aimée non plus. Je l'ai trouvée hautaine.

M. Papadopoulos qui, jusqu'alors, n'avait pas pris part à la conversation, eut un sourire indulgent et leva une grosse main baguée en signe de protestation.

— Mon cher Ericsen, lui dit-il, «hautaine» n'est certainement pas le mot qui convient pour désigner une personne aussi respectable. Mlle Stuart est — était — une *grande dame*. Elle avait l'assurance des personnes de bonne naissance qui ont reçu une bonne éducation. «Hautain» est un terme vulgaire qui ne peut désigner que des personnes qui viennent de gravir l'échelle sociale et qui en sont trop conscientes.

Il était clair que c'était l'un des sujets favoris de M. Papadopoulos. Au fur et à mesure qu'il parlait, son accent sud-européen ou méditerranéen devenait plus accentué. Il avait les yeux humides, un peu protubérants et très expressifs. Ses cheveux noirs et épais, avec des mèches grises étaient très bien coupés et soigneusement peignés en arrière. Il portait un très beau complet, taillé dans un tissu de qualité, et avec une ostentation qui contrastait avec la discrétion de celui de Pettigrew. Il souriait souvent, parfois sans raison apparente, comme s'il trouvait la vie toujours amusante.

— Vous voyez, fit-il d'une voix à l'accent prononcé, il n'existe pas de véritable aristocratie en Amérique du Nord, certainement pas aux États-Unis et probablement pas au Canada, pour autant que je le sache. Mlle Stuart n'était peut-être pas une aristocrate mais, sans aucun doute, une patricienne. Elle avait derrière elle au moins quatre générations d'ancêtres. Si je comprends bien, votre famille est installée depuis longtemps au Canada, n'est-ce pas?

— Nous sommes arrivés ici il y a environ cent soixante-dix ans.

— Et, pendant cent soixante-dix ans, vous avez occupé des places importantes dans le gouvernement et les affaires. Voilà qui explique le comportement de cette pauvre Mlle Stuart. Elle nous considérait sans aucun doute, comme des immigrants de fraîche date et sans éducation . . .

— Je m'en doutais, s'exclama Ericsen d'un air de triomphe, et c'est pourquoi elle a changé d'idée. Nous n'étions pas des gens assez bien pour elle, donc elle a refusé de nous laisser prendre le contrôle de la célèbre maison Stuart & Kilgour. Voilà la vérité!

Si les déclarations d'Ericsen avait été conformes à la vérité, Hugh se serait sans aucun doute senti gêné, mais ce n'était pas le cas. L'aversion de sa tante envers MM. Ericsen et Papadopoulos était certes réelle mais ce n'était que l'une des raisons qui l'avaient incitée à s'opposer davantage à la vente. Cette opposition était fondamentale. Elle se révoltait à l'idée même de céder l'entreprise familiale à des étrangers. Cette aversion était sensible depuis le début mais elle ne s'était manifestée avec force que le soir du conseil de famille. C'était un sentiment si profondément enraciné en elle qu'il n'aurait jamais dû, pour sa part, essayer de l'extirper. Cependant, il avait persisté et n'avait réussi qu'à conforter sa tante dans son idée.

— Vous vous souviendrez, dit Hugh en s'adressant aux trois Américains, que ma tante avait une expérience très limitée, à certains points de vue, du monde. Elle connaissait bien le Canada et l'Angleterre, mais assez peu les États-Unis. Vous étiez à ses yeux des gens quelque peu étranges. Mais la principale raison de son refus était que vous étiez américains et non canadiens. Je suis certain qu'elle aurait ressenti la même chose envers tout autre Américain qui aurait voulu acquérir Stuart & Kilgour. Sa première réponse, quand je lui ai parlé officiellement de votre offre lors d'un conseil de famille, fut un refus courroucé. J'ai essayé de lui faire changer d'avis et je croyais avoir réussi. En fin de compte, elle s'est rétractée. Je suis le seul responsable de cet échec. Je le regrette beaucoup.

— Eh bien, lança Ericsen avec aigreur, je crois que cette réunion est terminée...

Il se leva et quitta la pièce en marmonnant un vague au revoir. Papadopoulos, qui ne semblait pas du tout décontenancé par les événements, donna cérémonieusement la main à Hugh et à ses oncles. Pettigrew hésita un moment avant de saluer Hugh.

— Je ne saurais vous dire combien je regrette la tournure qu'a prise cette affaire.

— Et moi donc, répliqua Hugh d'un ton bourru. Je ne pourrai plus jamais m'évader d'ici!

— Je le sais et j'en suis navré pour vous. C'était probablement inévitable. Quand j'ai appris que c'était une vieille entreprise familiale, je me suis demandé si la vente était réalisable. Elle ne s'est pas faite et tout ce que je peux vous dire, c'est au revoir!

III

Hugh et son oncle Christopher allèrent déjeuner au Brock Club. Ils évitèrent toute mention de la vente. Ils réussirent même à parler de sujets anodins et se séparèrent avec une bonne humeur apparente. De retour au centre-ville, Hugh commença à se sentir déprimé mais ce n'est qu'après avoir regagné son bureau, s'être assis dans son fauteuil présidentiel et avoir pris connaissance des affaires courantes qui l'attendaient, qu'il ressentit la portée de son échec. De toutes ses forces il avait voulu s'évader de la routine impitoyable, de la monotonie du courrier et soudain, il avait entrevu une issue possible. Avec toute l'énergie et toute l'honnêteté qui le caractérisaient, il s'était efforcé d'en tirer parti et, à la dernière minute, cette porte vers la liberté s'était refermée. Était-il à jamais esclave du passé des Stuart? La dévotion maladive de sa tante envers la famille et l'emprise de Stuart & Kilgour étaient-elles si fortes qu'il lui fût impossible d'y échapper? S'il avait considéré cette affaire sous un autre angle et s'il s'était aperçu dès le départ que la personnalité des nouveaux propriétaires était la principale préoccupation de tante Cécilia, aurait-il pu obtenir sur-le-champ son consentement de plein gré? Pourquoi n'avait-il pas demandé à Pettigrew, lors de sa première visite, de rester une journée ou deux afin de rencontrer tous les membres de la famille? Pettigrew aurait certainement réussi à plaire à sa tante. Elle aurait immédiatement accepté la vente. Rétrospectivement, c'était un bon plan mais il était trop tard. Veronica et lui avaient essayé de régler l'affaire en n'offrant à tante Cecilia qu'une fausse représentation. À l'origine, c'est Veronica qui en avait eu l'idée et il l'avait acceptée sans tarder. Mais, à la fin, leur plan avait échoué.

On frappa d'une façon péremptoire à la porte. Hugh sut tout de suite que c'était Veronica. Elle demandait rarement à Mlle Rankin de l'annoncer mais, lorsque son père n'était pas en conférence, elle se contentait de frapper et entrait. Elle fit irruption dans le bureau, impatiente.

— Alors, demanda-t-elle avec assurance, la réunion est terminée?

Hugh n'était pas d'humeur à répondre à son enthousiasme.

— Elle n'a jamais commencé, répondit-il d'un ton sec.

— Qu'est-ce que tu racontes? Elle a été remise à plus tard?

— Pas du tout. Elle n'a pas eu lieu. Elle s'est terminée avant même de commencer...

— Veux-tu dire que la vente n'a pas eu lieu?

— Exactement. Ta grand-tante l'a fait avorter au dernier moment. Elle a retiré son consentement à la vente.

— Oh, mon Dieu!

Veronica s'effondra dans le fauteuil avec un air de défaite et de profond découragement. L'incrédulité, la consternation et la colère se lisaient sur son visage. Un instant, Hugh crut qu'elle allait éclater en sanglots mais ses yeux restèrent secs. Petit à petit, elle se calma. Son regard devint soupçonneux.

— Comment a-t-elle pu retirer son consentement? Comment a-t-elle fait? Probablement au début de l'après-midi car elle est morte vers 4 heures. Elle n'a certainement pas eu le temps de venir jusqu'à ton bureau. Tout le monde sait qu'elle détestait parler de choses importantes au téléphone.

— Elle m'a écrit une longue lettre, expliqua Hugh d'une voix posée, et elle a demandé à Agnes de l'apporter avant d'aller chez sa soeur.

— Où est cette lettre? L'as-tu ici? Je veux la voir!

— Naturellement. Je n'ai aucune raison de te la cacher. Je l'ai lue à ta mère et à Charles hier soir. Nous ne l'avons trouvée qu'après le dîner.

Veronica lut la lettre lentement et avec beaucoup d'attention. Elle parcourut le dernier paragraphe deux fois. Lorsqu'elle releva la tête, son visage était rouge de colère.

— La vieille folle!

— Ce n'était pas une vieille folle, rétorqua Hugh avec irritation. Tu es la dernière personne à avoir le droit de dire une telle chose. Elle a toujours été gentille avec toi.

— Elle a mis fin à tous mes projets. Je n'aurai jamais plus mon théâtre maintenant. Pourquoi s'est-elle arrogé le droit d'agir ainsi?

— Elle en avait le droit en tant qu'actionnaire de la compagnie. C'était son privilège de l'exercer. Cesse de te conduire en enfant gâtée.

— Je ne suis pas une enfant gâtée mais je suis jeune. J'ai ma vie à vivre et il y a des choses que je veux faire. Elle était vieille et elle a toujours fait ce qu'elle a voulu. Pourquoi ne m'a-t-elle pas donné la chance d'en faire autant?

— Et moi alors, pourquoi ne m'a-t-elle pas donné la chance de quitter la présidence de Stuart & Kilgour?

— Parce que c'était une malade qui ne pensait qu'au prestige de la famille, elle en était obsédée!

— Non, elle n'était pas obsédée, répondit Hugh avec agacement. C'était une vieille femme qui était fière de sa famille et de ce que celle-ci avait accompli. C'est notre faute, non la sienne, si elle n'a pas changé d'idée. Nous n'avons pas employé la bonne méthode. Nous avons voulu être trop malins. Nous avons avancé des arguments sans effet. Nous aurions dû donner à tante Cecilia l'occasion de rencontrer Pettigrew. Il aurait réussi à la gagner à sa cause. Nous ne lui en avons pas donné la possibilité. Voilà pourquoi elle a pris la décision de rencontrer ses associés à l'hôtel bien que ce fût à ses yeux indigne d'une dame. Il ne fait aucun doute qu'elle s'attendait à rencontrer Pettigrew mais, pour comble de malchance, il était venu me voir à mon bureau. Ericsen et Papadopoulos étaient seuls présents et lui firent mauvaise impression.

— Et ce fut suffisant pour la décider à retirer son consentement?

— Oui, répondit Hugh d'un air soucieux, mais quand a-t-elle décidé de le retirer? D'après sa lettre, il semblerait qu'elle ait pris sa décision finale durant sa conversation avec Ericsen et Papadopoulos ou immédiatement après. Mais elle aurait pu la prendre plus tard, pourquoi pas?

— C'est évident. Si elle avait pris sa décision à ce moment-là, elle m'en aurait parlé quand je lui ai rendu visite plus tard dans la matinée...

— Et elle ne t'a rien dit à ce sujet?

— Absolument rien. Elle a fait quelques remarques désobligeantes à propos de Papadopoulos et Ericsen mais elle n'a jamais laissé entendre qu'elle allait retirer son consentement. Je te l'ai déjà dit.

— Je m'en souviens. Ce qui veut dire que tante Cecilia a dû changer d'avis entre le moment où tu es retournée au collège et le départ d'Agnes chez sa soeur.

— Et alors? Elle devait y penser constamment et,

en fin de compte, elle a changé d'idée. Qu'y a-t-il d'étonnant à cela?

— Il est étonnant qu'une femme comme ta grand-tante change d'avis en quelques heures lorsqu'il s'agit d'une question fondamentale qui la concernait au plus haut point. Si je me souviens bien, tu as quitté sa maison peu après midi. Elle a dû écrire la lettre au début de l'après-midi car Agnes devait nous l'apporter en allant chez sa soeur. C'est un laps de temps trop court pour changer ainsi d'idée.

Veronica poursuivit, obstinée

— Et que veux-tu dire par là?

— C'est simple; je ne crois pas qu'elle ait jamais changé d'opinion. Je reste persuadé qu'elle était irrévocablement opposée à la vente dès le moment où elle a quitté Ericsen et Papadopoulos.

Veronica se leva d'un bond.

— Je me moque pas mal qu'elle ait ou non changé d'avis. Quelle importance maintenant? Elle est morte. La vente n'a pas eu lieu. Je n'aurai jamais mon théâtre.

Elle quitta la pièce en coup de vent sans rien ajouter.

IV

Un quart d'heure plus tard, le visage perplexe, Hugh se dirigeait en voiture vers le nord de la ville, suivant le trajet qu'il connaissait si bien. La grande et vieille maison d'Admiral Road avait toujours la même apparence mais les fleurs printanières étaient plus nombreuses. Il n'y avait aucun crêpe noir sur la porte. Ce signe de deuil sur la maison d'un mort ainsi que d'autres usages du temps de sa jeunesse n'étaient plus respectés. Ce n'est qu'après avoir franchi la porte qu'il sentit la présence oppressante de la mort. Le représentant des pompes funèbres l'accueillit d'un air grave. Hugh consola Agnes tout en pleurs et se surprit à parler à voix basse comme les autres. La maison baignait dans le silence.

Il entra sans bruit dans le salon. Le cercueil avait été posé dans un coin, près de la cheminée, au milieu de fleurs. On en avait refermé le couvercle car Hugh était fermement convaincu que sa tante n'aurait pas voulu reposer dans un cercueil ouvert, les joues maquillées et les cheveux soigneusement coiffés, en butte à la curiosité des gens. Elle avait mené une vie conforme aux usages de son époque et voulait qu'ils soient respectés pour son enterrement. Elle n'avait pas exprimé le souhait que ses parents et ses amis envoient des dons à l'une de ses oeuvres de charité à la place de fleurs et Hugh avait bien pris soin de ne pas en faire mention sur le faire-part. Il y avait des montagnes de fleurs mais peut-être moins qu'il ne l'avait imaginé. Le nom des Stuart était bien connu et respecté. Beaucoup de gens aimaient tante Cecilia. Mais elle était morte à un âge assez avancé et nombre de ses amis étaient partis avant elle.

La plupart des visiteurs qui vinrent lui faire un dernier adieu, ne restèrent qu'un moment pour exprimer leurs condoléances et pour échanger quelques souvenirs avant de s'en aller. Hugh s'entretint avec deux d'entre eux mais la troisième personne qui se présenta, la redoutable Mme Urquhart, était d'une autre trempe. Elle était petite, grosse et fagotée alors que tante Cecilia avait été grande, mince et toujours élégante. Elles étaient des amies intimes depuis longtemps. Elles avaient fréquenté la même école, avaient lu les mêmes livres, étaient allées parfois toutes les deux au théâtre et, depuis des dizaines d'années, les Urquhart habitaient près d'elle, un peu plus bas de l'autre côté de la rue. Maude Urquhart avait rendu de nombreux petits services à tante Cecilia. Ses deux petits-fils avaient accepté de porter le cercueil de tante Cecilia. Hugh n'allait pas pouvoir se débarrasser de Mme Urquhart avec seulement quelques mots de circonstance. Il lui faudrait raconter la chute fatale de tante Cecilia avec tous les détails, comme Mme Urquhart était une femme curieuse et fort bavarde, bouleversée par ce décès subit, la conversation pouvait durer longtemps.

— Ce que je n'arrive pas à comprendre, lança Mme Urquhart d'une voix forte, c'est comment Cecilia a pu tomber. Elle connaissait cet escalier aussi bien que tout autre endroit de la maison. Elle a dû le monter et le descendre des milliers de fois. Quant à sa santé, elle était meilleure que jamais. Il y a bien eu cette crise cardiaque, vous savez, mais c'était il y a plusieurs années. Elle n'avait aucune raison d'avoir une autre attaque ou un malaise quelconque.

— Nous sommes de votre avis, répondit Hugh avec amabilité. Mais que pouvons nous savoir maintenant qu'elle est morte? Nous ignorons tout. Le médecin n'a pas exigé d'autopsie et je n'ai pas de raison d'en demander une . . .

— Bien sûr que non, répliqua Mme Urquhart d'une voix ferme. Je ne crois pas que Cecilia ait été malade ces derniers temps. Je l'ai vue récemment et elle m'a paru en excellente santé. À mon avis, elle a glissé ou trébuché d'une manière imprévisible et elle est tombée la tête la première.

— J'ai examiné deux fois la moquette de l'escalier dit Hugh, et je vais le faire encore une fois cet après-midi. Mais, à dire vrai, je ne m'attends pas à y trouver un défaut ou un trou quelconque.

Mme Urquhart poussa un profond soupir.

— Je crois qu'il est difficile d'expliquer cette chute, n'est-ce pas? La seule autre chose à laquelle je pense, c'est que la lumière dans le hall était si faible qu'elle a pu manquer une marche. Sa vue n'était sans doute pas excellente, bien qu'elle n'eût pas de problèmes particuliers.

— À vrai dire, expliqua Hugh, l'intérieur de la maison était plutôt sombre quand je suis entré et ai aperçu son corps. Nous sommes en avril et les jours sont plus longs, mais cette entrée est parfois très obscure même en été. En entrant dans la maison hier, j'ai tout d'abord allumé l'électricité dans le hall.

— Et quelle heure était-il? demanda Mme Urquhart.

— Il devait être quatre heures un quart bien que je ne me le rappelle pas exactement car j'étais bouleversé. Je suis arrivé ici juste après le médecin.

— C'est Veronica qui a trouvé Cecilia?

— Oui, c'est elle. Au début, elle a cru que sa grand-tante s'était évanouie ou s'était blessée en tombant. Le corps était encore chaud. Veronica a pris le pouls de Cecilia et s'est penchée sur elle pour écouter sa respiration. Rien. Elle a ensuite téléphoné au médecin puis à moi.

— À quelle heure croyez-vous qu'elle soit morte?

— Certainement peu de temps avant l'arrivée de Veronica. Elle est arrivée à la maison vers 4 heures.

Mme Urquhart eut l'air étonné.

— C'est étrange, remarqua-t-elle.

— Qu'est-ce qui est étrange? demanda Hugh d'un ton si brusque que Mme Urquhart sursauta.

— Simplement que je croyais qu'elle était arrivée plus tôt, répondit-elle sur la défensive.

— Vous l'avez aperçue dans la rue?

— Je suis certaine de l'avoir vue. Je la connais assez bien, voyez-vous. Je l'ai rencontrée souvent chez Cecilia. Je peux me tromper évidemment mais il m'a semblé l'apercevoir de l'autre côté de la rue en direction de la maison de Cecilia, lundi après-midi.

— Pouvez-vous préciser l'heure?

— Je crois que oui, dit Mme Urquhart d'une voix timide. Vous savez, je suis une vieille femme. Mon mari est décédé et mes enfants ont quitté la maison depuis longtemps. Je consacre beaucoup trop de temps à regarder la télévision, pendant l'après-midi. Je regarde souvent «Coronation Street», un feuilleton qui passe au début de l'après-midi. Il venait juste de finir, il était donc trois heures. Pour me distraire, je suis allée jeter un coup d'oeil dehors et j'ai aperçu Mlle Veronica sur le trottoir d'en face. Bien sûr, j'ai pu me tromper. Je regarde trop de comédies idiotes sur le petit écran et je les confonds facilement. Cela s'est peut-être passé après une autre émission, c'est également possible. De toute façon, l'heure à laquelle j'ai cru voir Veronica n'a aucune importance puisqu'elle n'a pas pu l'empêcher de tomber même si elle se trouvait déjà dans la maison.

— C'est très vrai, convint Hugh.

Mme Urquhart le quitta presque aussitôt. Le lent défilé des visiteurs sembla pour un temps prendre fin. La maison était silencieuse. Hugh pensa qu'Agnes avait sans doute préparé du thé dans la cuisine mais il devait certainement attendre quelques minutes avant qu'il ne soit prêt. Pour l'instant, le hall d'entrée était désert. Il monta lentement l'escalier en examinant avec soin chaque marche. La moquette était presque neuve, bien posée, avec un sous-tapis épais. Il ne vit aucun trou, bosse ou fissure. La rampe était solidement fixée, facile à empoigner et à bonne hauteur. Même un invalide aurait pu se fier à la sécurité de l'ensemble.

Il s'avança dans le couloir et entra dans la pièce où se trouvait la collection d'archives de tante Cecilia. Tout paraissait dans le même ordre que lors de sa visite, il nota seulement un petit détail. L'une des ampoules électriques de la lampe de bureau, qui clignotait l'autre jour comme si elle allait brûler, avait de toute évidence été remplacée. Elle brillait maintenant sans arrêt. Par curiosité Hugh jeta un coup d'oeil dans la corbeille à papier où il trouva l'ampoule usée.

Il redescendit lentement l'escalier. Agnes lui avait apporté du thé dans le petit boudoir de tante Cecilia, situé à l'autre bout du hall d'entrée. Il essaya de parler de sa tante à la vieille gouvernante mais cette dernière tombait en larmes chaque fois qu'il mentionnait son nom. Il n'insista pas mais, poussé par un sentiment plus fort que la simple curiosité, il lui demanda qui avait pu trouver le temps, dans l'agitation de ces derniers jours, de changer l'ampoule électrique dans la pièce réservée aux archives.

— Elle clignotait, la dernière fois que je me suis

rendu dans cette pièce, comme si elle allait s'éteindre. On l'a remplacée depuis. Est-ce vous qui l'avez fait?

— Non, ce n'est pas moi.

— Bob Jardine peut-être?

— Bob ne s'occupe pas beaucoup de la maison sauf quand il y a une grosse réparation à faire. Il s'occupe des pelouses, des fleurs, de la voiture et du chauffage... des choses comme ça. Ce n'est donc pas lui. C'est peut-être Mlle Veronica qui a changé l'ampoule. Elle faisait parfois des petites courses pour sa tante en rentrant du collège.

V

Hugh rentra chez lui en fin d'après-midi. Tout était silencieux. Il pensa qu'Elizabeth s'était absentée pour discuter avec tante Emily des détails de la réception qui suivrait, demain, les funérailles. Il n'y avait sans doute personne à la maison. Il se rendit dans la bibliothèque et y trouva Veronica qui, assise dans l'un des grands fauteuils, regardait fixement les portraits au mur.

— Bonjour, dit-il, je ne m'attendais pas à te trouver ici.

— Je suis venue contempler encore une fois le portrait d'Arabella Stuart, qui a épousé le vieux juge Farquharson et qui s'est enfuie aux États-Unis après la mort soudaine de ce dernier. Cette femme me fascine.

— Je ne crois pas que ce soit un portrait particulièrement bon, dit Hugh. Le peintre semble avoir fait d'elle un portrait beaucoup trop conventionnel.

— Je suis d'accord avec toi. Elle avait certainement plus de caractère qu'il n'y paraît. Mais elle m'intéresse beaucoup et je crois qu'elle est directement concernée par le sujet dont je voudrais que nous discutions maintenant. Et, si je comprends bien, tu as aussi quelque chose à me dire...

— Oui, j'ai quelque chose de très important à te dire, répondit Hugh avec lenteur en regardant sa fille droit dans les yeux tout en lui parlant.

Veronica ne détourna pas son regard. Au contraire, elle lui fit face. Son visage était impassible et ses yeux froids comme du marbre.

— Oui, dit-elle avec calme. J'ai constaté, après avoir quitté en colère ton bureau cet après-midi, que nous aurions dû nous dire beaucoup de choses et qu'il faudrait les dire bientôt, que cela me plaise ou non. J'ai pensé aussi que je devais te persuader de me les dire d'abord avant d'en parler à d'autres personnes. Je crois que tu me dois bien ça...

— Je ne crois pas rien te devoir, répondit Hugh avec froideur, et je ne te promets pas le secret. J'ai une assez bonne idée de ce qui s'est passé chez ta grand-tante Cecilia, lundi dernier. Tu pourras certainement corriger certains détails mais je ne me tromperai guère. Es-tu prête à m'écouter?

— Je serais bien stupide de ne pas le faire, c'est la raison de ma présence ici.

— Très bien. Lundi matin, tu as décidé de rendre visite à ta grand-tante. Tu vas parfois bavarder avec elle lorsqu'Agnes n'est pas là mais, cette fois-ci, tu es arrivée plusieurs heures avant qu'elle ne sorte et tu avais une bonne raison de le faire. Tu avais dû te rendre compte que ta grand-tante désirait revenir sur son consentement et tu voulais l'empêcher de le faire. Tu es arrivée peu après son retour du centre de la ville et tu as découvert, avec effroi, que son aversion pour MM. Ericsen et Papadopoulos était si grande qu'elle était bien déterminée à retirer son consentement avant que la vente n'ait eu lieu. C'est alors que tu as décidé de la réduire au silence une fois pour toutes avant qu'elle n'ait le temps d'annoncer sa décision.

«Il t'était impossible à ce moment-là de mener à bien ton projet parce qu'Agnes se trouvait encore dans la maison. Elle devait aller chez sa soeur en début d'après-midi et tu as prévu d'y retourner immédiatement après son départ. Tu as logiquement pensé que tante Cecilia n'essaierait certainement pas de communiquer avec moi pendant ce bref intervalle. Tu savais qu'elle détestait téléphoner surtout quand il s'agissait de choses importantes. Tu as pensé aussi qu'elle ne me dérangerait pas en plein travail. En fait, tu as présumé, je crois, qu'elle demanderait à Bob Jardine de la conduire à May Square pour avoir un entretien avec moi, ce soir-là, après le dîner. Tu t'es trompée car tu es née un demi-siècle trop tard. Tu n'as jamais bien compris ta tante car tu ne connaissais rien des usages de sa jeunesse. Elle a fait ce que la plupart des jeunes femmes de sa génération auraient fait en des circonstances semblables. Elle a rédigé une lettre et l'a fait porter par sa gouvernante.

«Tu es revenue Admiral Road tôt dans l'après-midi. Tu affirmes y être arrivée aux alentours de 4 heures et avoir trouvé ta grand-tante déjà morte. J'ai douté presque tout de suite de ton récit et Mme Urquhart, une voisine de tante Cecilia, a confirmé mes soupçons cet après-midi. Elle m'a dit qu'elle avait regardé par sa fenêtre après une émission télévisée qui s'était terminée à 3 heures, et qu'elle t'avait vue marcher de l'autre côté de la rue. Tu es donc arrivée chez tante Cecilia un peu après 3 heures. Il s'est donc écoulé une heure entre ce moment-là et celui où tu m'as téléphoné pour m'avertir de sa mort tragique. Je crois savoir à peu près ce qui s'est passé durant ce laps de temps. C'est toi qui en as été l'acteur principal. Ne penses-tu pas que tu ferais mieux de me dire ce qui est arrivé?»

Veronica avait un regard dur et implacable. Il y avait dans sa voix des accents de colère impuissante.

— Je t'ai dit tout à l'heure qu'Arabella Stuart avait quelque chose à voir avec notre conversation. J'avoue que je ne me suis intéressée à elle que récemment, plus précisément lorsque grand-tante Cecilia a retrouvé cette lettre du docteur qui avait découvert le vieux juge Farquharson mort dans la rue, devant la maison. Il est évident que le docteur avait des doutes sur ce qui s'était réellement passé. Il n'arrivait pas à comprendre que personne dans la maison n'ait entendu le vieux juge crier quand il est tombé. À cette époque, les maisons étaient beaucoup plus près de la chaussée qu'aujourd'hui. Le juge avait peut-être simplement glissé sur la glace mais il était possible également que sa femme Arabella l'ait poussé assez fort dans l'escalier pour que sa chute se termine sur le trottoir. Dans le premier cas, Arabella l'aurait certainement entendu crier et, dans le second, elle avait les meilleures raisons du monde d'affirmer qu'elle n'avait rien entendu. Le docteur a certainement trouvé l'histoire bizarre et il a joué au détective amateur. Alistair, le frère d'Arabella, avait lui aussi des soupçons, j'en suis persuadée. Mais ni l'un ni l'autre ne voulurent aller au fond des choses et ils ne le firent pas.

— Et c'est ce qui t'a donné cette idée machiavélique... Si je comprend bien, c'est sa marotte des archives familiales qui a tué tante Cecilia!

— Ce n'est pas aussi simple. Cette histoire m'intéressait mais sans plus. C'est en venant la voir lundi matin que j'ai réalisé soudain que c'était ma seule porte de sortie. Elle revenait tout juste de sa visite à MM. Ericsen et Papadopoulos. Elle avait la ferme intention d'arrêter la vente, ce qui signifiait qu'elle devait absolument te communiquer sa décision à un moment donné de la journée car la transaction devait se faire le lendemain matin. J'ai alors décidé de ne pas lui laisser le temps de retirer son consentement. Une chute mortelle dans l'escalier était le seul moyen d'y arriver. Je ne pouvais rien entreprendre avant qu'Agnes n'ait quitté les lieux pour se rendre chez sa soeur et j'ai pensé qu'il serait imprudent que j'attende son départ. Ordinairement, je ne reste jamais long-temps chez tante Cecilia et il était de la plus haute importance que tout le monde croit qu'elle était toute seule dans la maison au moment de l'accident.

«Je courais un risque terrible. Il était possible qu'elle essaie de te parler aussitôt après mon départ, soit par téléphone, soit en se rendant à ton bureau. J'ai fait de mon mieux pour la dissuader d'employer l'un ou l'autre moyen. Je savais qu'elle était contre le prin-cipe de déranger un homme d'affaires — même s'il s'agissait d'un membre de la famille — en plein travail. Je lui ai plutôt conseillé de demander à Bob Jardine de la conduire chez toi après le dîner pour y discuter de toute l'affaire. Lorsque j'ai quitté sa maison, j'étais à peu près certaine de l'avoir convaincue que c'était la meilleure chose à faire. J'étais surexcitée. Tout mar-chait comme je l'espérais. Je n'aurais jamais pensé qu'elle écrirait une lettre! Comme tu l'as dit, j'ai un demi-siècle de retard!»

— J'ai une bonne idée de ce qui s'est passé par la suite, dit Hugh d'une voix inexpressive. Tu es revenue Admiral Road vers 3 heures au moment le plus calme de l'après-midi, croyant que personne ne te verrait. Malheureusement, Mme Urquhart t'a aperçue à cette heure-là mais n'a pas attaché d'importance au fait que tu étais revenue plus tôt que tu ne l'as affirmé. En revanche, elle n'a pas remarqué que tu avais un petit paquet ou un sac en papier à la main.

Veronica lui jeta un coup d'oeil surpris.

— Comment l'as-tu découvert?

— Parce que j'ai deviné que tu apportais une ampoule électrique toute neuve pour la visser à l'une des lampes de la pièce aux archives.

Il y eut un moment de silence. La stupéfaction et la colère se lisaient sur le visage de Veronica. On avait presque l'impression qu'elle prenait plaisir à se con-fesser en détail, mais elle parut vexée de la découverte de son père.

— Je n'arrive pas à comprendre comment tu t'en es rendu compte?

— Simple déduction. Lorsque j'ai visité les archives de ta grand-tante, vendredi dernier, l'une des lampes des tables de lecture fonctionnait mal. Cet après-midi, quand j'y suis retourné, les deux lampes de bureau éclairaient normalement et j'ai vu dans la corbeille à papier une vieille ampoule morte. J'ai demandé à Agnes si elle l'avait remplacée et elle m'a répondu non en ajoutant que Bob Jardine ne s'occupait pas des réparations mineures dans la maison. «C'est peut-être Mlle Veronica qui a changé l'ampoule, m'a-t-elle dit. Elle faisait parfois des petites courses pour sa tante en rentrant du collège.»

— C'est ce que j'ai fait, dit-elle d'un air de défi.

— Oui, c'est ce que tu faisais et très gentiment d'ailleurs. Mais, cette fois-ci, c'était dans un but bien précis que tu as acheté cette ampoule. Il fallait que tu obliges ta grand-tante à monter l'escalier. En temps ordinaire, à chacune de tes visites, vous vous asseyiez dans le salon, Agnes vous apportait du café ou du thé et vous bavardiez ensemble tant et plus. Puis tu t'en allais. Cette fois-ci, ce fut complètement différent. Tu devais persuader ta grand-tante de se rendre en haut. L'ampoule électrique t'a servi de prétexte. Tu savais très bien qu'elle ne te laisserait pas aller seule dans cette pièce. Elle aimait trop ses précieuses archives pour ne pas s'y rendre à la moindre occasion. Vous êtes donc montées ensemble, tu as mis l'ampoule neuve en place, vous avez bavardé une minute ou deux de la proposition de transfert de M. Howard, le conservateur des Archives nationales, puis vous êtes revenues vers l'escalier, ta grand-tante devant toi. Et là...

Le visage de Veronica était pâle comme la mort et ses yeux reflétaient une horreur sans nom.

— Elle allait poser son pied sur la première marche, continua-t-elle, et je me trouvais juste derrière elle. Je me suis avancée d'un bond et je l'ai poussée dans le dos, de toutes mes forces, avec les deux mains. Elle est tombée comme une pierre. Elle a poussé un grand cri et j'ai entendu un craquement horrible au bas de l'escalier. Elle n'a pas bougé et le hall d'entrée s'est rempli d'un silence total. Je n'entendais plus en moi-même que son cri et cet horrible craquement. Je continue de les entendre... et je les entendrai jusqu'à mon dernier soupir.

Hugh était incapable de regarder Veronica. Puis, après un long silence entre eux deux, il parla de nouveau.

— C'est affreux! s'exclama-t-il, Mais, au nom du Ciel, qu'allons-nous faire maintenant?

— Mais rien du tout! répliqua Veronica.

— Rien du tout? Que veux-tu dire?

— Exactement ce que je viens de dire. Rien du tout. Il n'y a rien que nous puissions faire maintenant.

— Mais tu es un assassin et tu l'as avoué toi-même! Comment espères-tu échapper au châtiment d'avoir tué une vieille femme sans défense?

— Elle n'était pas une vieille femme sans défense. C'était une obsédée, une folle. Obsédée par le culte de sa famille, par son orgueil et ses traditions. Elle était prête à sacrifier quiconque ou quoi que ce soit à ce qu'elle considérait son honneur. Elle ne se préoccupait jamais des autres. Elle a tué ton espoir de te retirer maintenant des affaires. Elle m'a fait perdre ma meilleure chance de commencer la carrière dont je rêvais.

Veronica ne parvenait plus à respirer sous l'effet de la colère et elle ouvrit les bras dans un geste de désespoir.

— C'est l'absurdité de toute cette histoire que je ne supporte pas! Nous étions tellement sûrs de nous, n'est-ce pas? N'avions-nous pas préparé notre plan avec soin? N'étions-nous pas certains que nous l'avions persuadée? Et pendant tout ce temps-là, elle tissait sa toile en secret! Sans rien dire à personne, elle est allée faire cette stupide visite aux Américains, à leur hôtel même. Elle m'a fait croire qu'elle se ferait conduire en voiture chez toi, hier soir, pour t'informer de sa décision finale et en même temps elle s'apprêtait à écrire cette lettre qu'Agnes devait te porter et qui allait tout détruire. Elle nous a trompés, elle nous a roulés, tous les deux. Elle méritait de mourir.

Hugh regarda sa fille avec un sentiment d'incrédulité et de répulsion.

— Tu me fais horreur!

— Sa mort me fait horreur aussi! Ce cri et le craquement qui s'ensuivit dans le hall silencieux, je les entends toujours. Ils ne s'effaceront jamais! C'est ça, mon châtiment! Il y a des moments où je n'arrive pas à les supporter. C'est le seul châtiment que je subirai!

— Comment peux-tu en être aussi certaine?

— Parce qu'il n'y a que toi et moi qui connaissions la vérité et que ni toi ni moi ne l'avouerons jamais...

Hugh resta silencieux. Ses pensées tourbillonnaient dans sa tête. Il y avait une vérité implacable dans ce que Veronica venait de dire. Tout le monde — la famille, les amis, les voisins — avait accepté sans poser de questions la version de l'accident. Une vieille dame, dont la santé et la vue déclinaient, pouvait très bien glisser, trébucher et tomber. Une telle chute dans un escalier aussi haut pouvait très bien provoquer un arrêt du coeur. C'était l'explication la plus naturelle, la plus plausible. Et, même si Hugh racontait toute la vérité, telle que Veronica et lui l'avaient reconstituée dans les moindres détails, il ne ferait que troubler les autres sans les convaincre vraiment. Le fait même de sa longue intimité avec sa grand-tante rendait l'idée d'un tel crime complètement ridicule.

— Non, répondit-il avec lenteur, il nous est impossible à toi comme à moi de dire la vérité.

— Même à Elizabeth, ajouta-t-elle rapidement.

— Pourquoi pas à Elizabeth? Elle est ma femme et ta mère. Elle doit connaître la vérité!

— Il ne faut jamais lui dire. Elle est la seule personne qui saura tout de suite que *c'est* la vérité. Elle a toujours fait preuve d'une certaine méfiance à mon égard. Ce que j'ai fait ne l'étonnerait donc certainement pas mais la remplirait d'amertume car elle s'apercevrait alors de son impuissance et cette vérité ne serait pour elle qu'un fardeau. Et toutes les relations familiales seraient détruites à jamais.

Hugh regarda en silence le portrait d'Arabella Stuart.

— J'imagine mal comment je pourrai vivre avec ce secret jusqu'à la fin de mes jours...

— Et moi alors? Mon secret est encore plus horrible que le tien! La connaissance de ce secret nous lie irrémédiablement. Nous voulions tous les deux échapper à l'emprise du passé des Stuart, de l'entreprise familiale et de toutes ces traditions sacrées. Nous voulions tous les deux que la vente se fasse. Nous voulions tous les deux beaucoup d'argent. Nous avions tous les deux mis au point un plan pour y parvenir. J'ai même suivi l'exemple d'Arabella mais, là où elle a réussi, nous avons échoué. Nous avons tous les deux échoué. La famille a fini par nous vaincre.

Veronica avait dit son dernier mot et il n'y avait rien à ajouter. Elle se leva lentement et quitta la pièce.

Hugh s'aperçut à peine de son départ. Il regardait le portrait d'Arabella Stuart, cette belle jeune femme des années 1840, dans sa robe de brocart de couleur puce, avec sa taille fine et ses manches légèrement bouffantes. En regardant le portrait, il sembla assister à une étrange métamorphose. Dans le passé, il l'avait toujours considéré comme un portrait conventionnel et presque anonyme. Elizabeth n'était pas d'accord avec lui. Elle avait toujours protesté qu'en dépit d'une certaine beauté conventionnelle, Arabella était une femme de caractère qui savait ce qu'elle voulait. Elle avait également remarqué que Veronica ressemblait à Arabella d'une manière difficile à définir mais néanmoins perceptible. Hugh s'était toujours refusé à le reconnaître. Mais maintenant, en regardant le portrait, cette ressemblance le frappait. Les joues plutôt lisses d'Arabella semblaient se creuser. Son menton carré avait l'air plein de détermination. Sa bouche peinte en rouge avait des lèvres pleines, surtout la lèvre inférieure, qui lui paraissaient plus gourmandes et même cruelles. Sous ses yeux, Arabella et Veronica ne faisaient plus qu'une et même femme. Toutes les deux avaient fait un rêve grandiose et fou et toutes les deux avaient risqué l'impossible pour le réaliser. Cela n'avait aucune importance que l'une ait réussi et l'autre échoué complètement. Ce qui importait, c'était l'impossibilité de rompre avec le passé.

Il avait essayé d'échapper à ce passé, essayé de toutes ses forces et en toute honnêteté. Mais le passé était le plus fort, il l'avait pris au piège et Hugh était son prisonnier.

Dans la collection:

— Pour la sécurité de l'état, Ian Adams. (Roman)
End Game in Paris, traduit de l'anglais par Lise Larocque-DiVirgilio.

— Cible: Le Pape, Barry Schiff and Hal Fishman. (Roman)
Vatican Target, traduit de l'américain par Jean Clouâtre.

— L'Infirmière, Peggy Anderson. (Biographie)
Nurse, traduit de l'américain par Micheline Bélanger-Leuzy.

— Si la vie est un jardin de roses, qu'est-ce que je fais dans les patates? Erma Bombeck. (Biographie)
If Life Is a Bowl of Cherries — What Am I doing in the Pits? traduit de l'américain par Daniel Séguin.

— Désastre, Christopher Hyde. (Roman)
The Wave, traduit de l'anglais par Jacques de Roussan.

— Ne tirez pas sur le dentiste, David Rogers. (Roman)
The In-Laws, traduit de l'américain par Jean-Michel Wyl.

ÉDITIONS BEAUCHEMIN
381 OUEST, RUE ST-JACQUES
MONTRÉAL H2Y 1P1

IMPRIMERIE
L'ÉCLAIREUR
BEAUCEVILLE

EC—3782—80

Imprimé au Canada

Printed in Canada